La mère

devorant

MW01709581

addiction. ↳ argent

La Fille aux yeux d’or

Honoré de Balzac

La Fille aux yeux d'or

Dernier épisode de l'*Histoire des Treize*

Librio

À Eugène Delacroix, peintre.

↳ date de pub. 1833
paqui = 22 ans.
esc 12 ans.

I

Physionomies parisiennes

Un des spectacles où se rencontre le plus d'épouvantement est certes l'aspect général de la population parisienne, peuple horrible à voir, hâve, jaune, tanné. Paris n'est-il pas un vaste champ incessamment remué par une tempête d'intérêts sous laquelle tourbillonne une moisson d'hommes que la mort fauche plus souvent qu'ailleurs et qui renaissent toujours aussi serrés, dont les visages contournés, tordus, rendent par tous les pores l'esprit, les désirs, les poisons dont sont engrossés leurs cerveaux ; non pas des visages, mais bien des masques : masques de faiblesse, masques de force, masques de misère, masques de joie, masques d'hypocrisie ; tous exténués, tous empreints des signes ineffaçables d'une haletante avidité ? Que veulent-ils ? De l'or, ou du plaisir ?

Quelques observations sur l'âme de Paris peuvent expliquer les causes de sa physionomie cadavéreuse qui n'a que deux âges, ou la jeunesse ou la caducité : jeunesse blafarde et sans couleur, caducité fardée qui veut paraître jeune. En voyant ce peuple exhumé, les étrangers, qui ne sont pas tenus de réfléchir, éprouvent tout d'abord un mouvement de dégoût pour cette capitale, vaste atelier de jouissances, d'où bientôt eux-mêmes ils ne peuvent sortir, et restent à s'y déformer volontiers. Peu de mots suffiront pour justifier physiologiquement la teinte presque infernale des figures parisiennes, car ce n'est pas seulement par plaisanterie que Paris a été nommé un enfer. Tenez ce mot pour vrai. Là, tout fume, tout brûle, tout brille, tout bouillonne, tout flambe, s'évapore, s'éteint, se rallume, étincelle, pétille et se consume. Jamais vie en aucun pays ne fut plus ardente, ni plus cuisante. Cette nature sociale toujours en fusion semble se dire après chaque œuvre finie : — À une autre ! comme se le dit la nature elle-même.

Comme la nature, cette nature sociale s'occupe d'insectes, de fleurs d'un jour, de bagatelles, d'éphémères, et jette aussi feu et flamme par son éternel cratère. Peut-être avant d'analyser les causes qui font une physionomie spéciale à chaque tribu de cette nation intelligente et mouvante, doit-on signaler la cause générale qui en décolore, blêmit, bleuit et brunit plus ou moins les individus.

À force de s'intéresser à tout, le Parisien finit par ne s'intéresser à rien. Aucun sentiment ne dominant sur sa face usée par le frottement, elle devient grise comme le plâtre des maisons qui a reçu toute espèce de poussière et de fumée. En effet, indifférent la veille à ce dont il s'enivrera le lendemain, le Parisien vit en enfant quel que soit son âge. Il murmure de tout, se console de tout, se moque de tout, oublie tout, veut tout, goûte à tout, prend tout avec passion, quitte tout avec insouciance ; ses rois, ses conquêtes, sa gloire, son idole, qu'elle soit de bronze ou de verre ; comme il jette ses bas, ses chapeaux et sa fortune. À Paris, aucun sentiment ne résiste au jet des choses, et leur courant oblige à une lutte qui détend les passions : l'amour y est un désir, et la haine une velléité ; il n'y a là de vrai parent que le billet de mille francs, d'autre ami que le Mont-de-Piété. Ce laisser-aller général porte ses fruits ; et, dans le salon, comme dans la rue, personne n'y est de trop, personne n'y est absolument utile, ni absolument nuisible : les sots et les fripons, comme les gens d'esprit ou de probité. Tout y est toléré, le gouvernement et la guillotine, la religion et le choléra. Vous convenez toujours à ce monde, vous n'y manquez jamais. Qui donc domine en ce pays sans mœurs, sans croyance, sans aucun sentiment ; mais d'où partent et où aboutissent tous les sentiments, toutes les croyances et toutes les mœurs ? L'or et le plaisir. Prenez ces deux mots comme une lumière et parcourez cette grande cage de plâtre, cette ruche à ruisseaux noirs, et suivez-y les serpenteaux de cette pensée qui l'agite, la soulève, la travaille. Voyez. Examinez d'abord le monde qui n'a rien.

L'ouvrier, le prolétaire, l'homme qui remue ses pieds, ses mains, sa langue, son dos, son seul bras, ses cinq doigts pour vivre ; eh bien, celui-là qui, le premier, devrait économiser le principe de sa vie, il outrepasse ses forces, attelle sa femme à quelque machine, use son enfant et le cloue à un rouage. Le fabricant, le je ne sais quel fil secondaire dont le branle agite ce peuple qui, de ses mains sales, tourne et dore les porcelaines, coud les habits et les robes, amincit le fer, amenuise le bois, tisse l'acier, solidifie le chanvre et le fil, satine les bronzes, festonne le cristal, imite les fleurs, brode la laine, dresse les chevaux, tresse les harnais et les galons, découpe le cuivre, peint les voitures, arrondit les vieux ormeaux, vaporise le coton, souffle les tulles, corrode le diamant, polit les métaux, transforme en feuilles le marbre, lèche les cailloux, toilette la pensée, colore, blanchit et noircit tout ; eh bien, ce sous-chef est venu promettre à ce monde de sueur et de volonté, d'étude et de patience, un salaire excessif, soit au nom des caprices de la ville, soit à la voix du monstre nommé Spéculation. Alors ces quadrumanes se sont mis à veiller, pâtir, travailler, jurer, jeûner, marcher ; tous se sont excédés pour gagner cet or qui les fascine. Puis, insouciants de l'avenir, avides de jouissances, comptant sur leurs bras comme le peintre sur sa palette, ils jettent, grands seigneurs d'un jour, leur argent le lundi dans les cabarets, qui font une enceinte de boue à la ville ; ceinture de la plus impudique des Vénus, incessamment pliée et dépliée, où se perd comme au jeu la fortune périodique de ce peuple, aussi féroce au plaisir qu'il est tranquille au travail. Pendant cinq jours donc, aucun repos pour cette partie agissante de Paris ! Elle se livre à des mouvements qui la font se gauchir, se grossir, maigrir, pâlir, jaillir en mille jets de volonté créatrice. Puis son plaisir, son repos est une lassante débauche, brune de peau, noire de tapes, blême d'ivresse, ou jaune d'indigestion, qui ne dure que deux jours, mais qui vole le pain de l'avenir, la soupe de la semaine, les robes de la femme, les langes de l'enfant tous en haillons. Ces hommes, nés sans doute pour être beaux, car toute créature a sa beauté relative, se sont enrégimentés, dès l'enfance, sous le commandement de la force, sous le règne du marteau, des cisailles, de la filature, et se sont promptement vulcanisés. Vulcain, avec sa laideur et sa force, n'est-il pas l'emblème de cette laide et forte nation, sublime d'intelligence mécanique, patiente à ses heures, terrible un jour par siècle, inflammable comme la poudre, et préparée à l'incendie révolutionnaire par l'eau-de-vie, enfin assez spirituelle pour prendre feu sur un mot captieux qui signifie toujours pour elle : or et plaisir ! En comprenant tous ceux qui tendent la main pour une aumône, pour de légitimes salaires ou pour les cinq francs accordés à tous les genres de prostitution parisienne, enfin pour tout argent bien ou mal gagné, ce peuple compte trois cent mille individus. Sans les cabarets, le gouvernement ne serait-il pas renversé tous les mardis ? Heureusement, le mardi, ce peuple est engourdi, cuve son plaisir, n'a plus le sou, et retourne au travail, au pain sec, stimulé par un besoin de procréation matérielle qui, pour lui, devient une habitude. Néanmoins ce peuple a ses phénomènes de vertu, ses hommes complets, ses Napoléons inconnus, qui sont le type de ses forces portées à leur plus haute expression, et résument sa portée sociale dans une existence où la pensée et le mouvement se combinent moins pour y jeter de la joie que pour y régulariser l'action de la douleur.

Le hasard a fait un ouvrier économe, le hasard l'a gratifié d'une pensée, il a pu jeter les yeux sur l'avenir, il a rencontré une femme, il s'est trouvé père, et après quelques années de privations dures il entreprend un petit commerce de mercerie, loue une boutique. Si ni la maladie ni le vice ne l'arrêtent en sa voie, s'il a prospéré, voici le croquis de cette vie normale.

Et, d'abord, saluez ce roi du mouvement parisien, qui s'est soumis le temps et l'espace. Oui, saluez cette créature composée de salpêtre et de gaz qui donne des enfants à la France pendant ses nuits laborieuses, et remultiplie pendant le jour son individu pour le service, la gloire et le plaisir de ses concitoyens. Cet homme résout le problème de suffire, à la fois, à une femme aimable, à son ménage, au *Constitutionnel*, à son bureau, à la Garde nationale, à l'Opéra, à Dieu ; mais pour transformer en écus *Le Constitutionnel*, le bureau, l'Opéra, la Garde nationale, la femme et Dieu. Enfin, saluez un irréprochable cumulard. Levé tous les jours à cinq heures, il a franchi comme un oiseau l'espace qui sépare son domicile de la rue Montmartre. Qu'il vente ou tonne, pleuve ou neige, il est au *Constitutionnel* et y attend la charge de journaux dont il a soumissionné la distribution. Il reçoit ce pain politique avec avidité, le prend et le porte. À neuf heures, il est au sein de son ménage, débite un calembour à sa femme, lui dérobe un gros baiser, déguste une tasse de café ou gronde ses enfants. À dix heures moins un quart, il apparaît à la mairie. Là, posé sur un fauteuil, comme un perroquet sur son bâton, chauffé par la ville de Paris, il inscrit jusqu'à quatre heures, sans leur donner une larme ou un sourire, les décès et les naissances de tout un arrondissement. Le bonheur, le malheur du quartier passe par le bec de sa plume, comme l'esprit du *Constitutionnel* voyageait naguère sur ses épaules. Rien ne lui pèse ! Il va toujours droit devant lui, prend son patriotisme tout fait dans le journal, ne contredit personne, crie ou ...ou applaudit avec tout le monde, et vit en hirondelle. À deux pas de la paroisse, il peut, en cas d'une cérémonie importante, laisser sa place à un surnuméraire, et aller chanter un *requiem* au lutrin de l'église, dont il est, le dimanche et les jours de fête, le plus bel ornement, la voix la plus impressionnante, où il tord avec énergie sa large bouche en faisant tonner un joyeux *Amen*. Il est chantre. Libéré à quatre heures de son service officiel, il apparaît pour répandre la joie et la gaieté au sein de la boutique la plus célèbre qui soit en la Cité. Heureuse est sa femme, il n'a pas le temps d'être jaloux; il est plutôt homme d'action que de sentiment. Aussi, dès qu'il arrive, agace-t-il les demoiselles de comptoir, dont les yeux vifs attirent force chalands; se gaudit au sein des parures, des fichus, de la mousseline façonnée par ces habiles ouvrières; ou, plus souvent encore, avant de dîner, il sert une pratique, copie une page du journal ou porte chez l'huissier quelque effet en retard. À six heures, tous les deux jours, il est fidèle à son poste. Inamovible basse-taille des chœurs, il se trouve à l'Opéra, prêt à y devenir soldat, Arabe, prisonnier, sauvage, paysan, ombre, patte de chameau, lion, diable, génie, esclave, eunuque noir ou blanc, toujours expert à produire de la joie, de la douleur, de la pitié, de l'étonnement, à pousser d'invariables cris, à se taire, à chasser, à se battre, à représenter Rome ou l'Égypte; mais toujours *in petto*, mercier. À minuit, il redevient bon mari, homme, tendre père, il se glisse dans le lit conjugal, l'imagination encore tendue par les formes décevantes des nymphes de l'Opéra, et fait ainsi tourner, au profit de l'amour conjugal, les dépravations du monde et les voluptueux ronds de jambe de la Taglioni. Enfin, s'il dort, il dort vite, et dépêche son sommeil comme il a dépêché sa vie. N'est-ce pas le mouvement fait homme, l'espace incarné, le protée de la civilisation? Cet homme résume tout: histoire, littérature, politique, gouvernement, religion, art militaire. N'est-ce pas une encyclopédie vivante, un atlas grotesque, sans cesse en marche comme Paris et qui jamais ne repose? En lui tout est jambes. Aucune physionomie ne saurait se conserver pure en de tels travaux. Peut-être l'ouvrier qui meurt vieux à trente ans, l'estomac tanné par les doses progressives de son eau-de-vie, sera-t-il trouvé, au dire de quelques philosophes bien rentés, plus heureux que ne l'est le mercier. L'un périt d'un seul coup et l'autre en détail. De ses huit industries, de ses épaules, de son gosier, de ses mains, de sa femme et de son commerce, celui-ci retire, comme d'autant de fermes, des enfants, quelque mille francs et le plus laborieux bonheur qui ait jamais récréé cœur d'homme. Cette fortune et ces enfants, ou les enfants qui résument tout pour lui, deviennent la proie du monde supérieur, auquel il porte ses écus et sa fille, ou son fils élevé au collège, qui, plus instruit que ne l'est son père, jette plus haut ses regards ambitieux. Souvent le cadet d'un petit détaillant veut être quelque chose dans l'État.

Cette ambition introduit la pensée dans la seconde des sphères parisiennes. Montez donc un étage et allez à l'entresol ; ou descendez du grenier et restez au quatrième ; enfin pénétrez dans le monde qui a quelque chose : là, même résultat. Les commerçants en gros et leurs garçons, les employés, les gens de la petite banque et de grande probité, les fripons, les âmes damnées, les premiers et les derniers commis, les clercs de l'huissier, de l'avoué, du notaire, enfin les membres agissants, pensants, spéculants de cette petite bourgeoisie qui triture les intérêts de Paris et veille à son grain, accapare les denrées, emmagasine les produits fabriqués par les prolétaires, encaque les fruits du Midi, les poissons de l'Océan, les vins de toute côte aimée du soleil ; qui étend les mains sur l'Orient, y prend les châles dédaignés par les Turcs et les Russes ; va récolter jusque dans les Indes, se couche pour attendre la vente, aspire après le bénéfice, escompte les effets, roule et encaisse toutes les valeurs ; emballe en détail Paris tout entier, le voiture, guette les fantaisies de l'enfance, épie les caprices et les vices de l'âge mûr, en pressure les maladies ; eh bien, sans boire de l'eau-de-vie comme l'ouvrier, ni sans aller se vautrer dans la fange des barrières, tous excèdent aussi leurs forces ; tendent outre mesure leur corps et leur moral, l'un par l'autre ; se dessèchent de désirs, s'abîment de courses précipitées. Chez eux, la torsion physique s'accomplit sous le fouet des intérêts, sous le fléau des ambitions qui tourmentent les mondes élevés de cette monstrueuse cité, comme celle des prolétaires s'est accomplie sous le cruel balancier des élaborations matérielles incessamment désirées par le despotisme du *je le veux* aristocrate. Là donc aussi, pour obéir à ce maître universel, le plaisir ou l'or, il faut dévorer le temps, presser le temps, trouver plus de vingt-quatre heures dans le jour et la nuit, s'énerver, se tuer, vendre trente ans de vieillesse pour deux ans d'un repos maladif. Seulement l'ouvrier meurt à l'hôpital, quand son dernier terme de rabougrissement s'est opéré, tandis que le petit-bourgeois persiste à vivre et vit, mais crétinisé : vous le rencontrez la face usée, plate, vieille, sans lueur aux yeux, sans fermeté dans la jambe, se traînant d'un air hébété sur le boulevard, la ceinture de sa Vénus, de sa ville chérie. Que voulait le bourgeois ? le briquet du garde national, un immuable pot-au-feu, une place décente au Père-Lachaise, et pour sa vieillesse un peu d'or légitimement gagné. Son lundi, à lui, est le dimanche ; son repos est la promenade en voiture de remise, la partie de campagne, pendant laquelle femme et enfants avalent joyeusement de la poussière ou se rôtissent au soleil ; sa barrière est le restaurateur dont le vénéneux dîner a du renom, ou quelque bal de famille où l'on étouffe jusqu'à minuit. Certains niais s'étonnent de la Saint-Guy dont sont atteintes les monades que le microscope fait apercevoir dans une goutte d'eau, mais que dirait le Gargantua de Rabelais, figure d'une sublime audace incomprise, que dirait ce géant, tombé des sphères célestes, s'il s'amusait à contempler le mouvement de cette seconde vie parisienne, dont voici l'une des formules ? Avez-vous vu ces petites baraques, froides en été, sans autre foyer qu'une chaufferette en hiver, placées sous la vaste calotte de cuivre qui coiffe la halle au blé ? Madame est là dès le matin, elle est factrice aux halles et gagne à ce métier douze mille francs par an, dit-on. Monsieur, quand madame se lève, passe dans un sombre cabinet, où il prête à la petite semaine, aux commerçants de son quartier. À neuf heures, il se trouve au bureau des passeports, dont il est un des sous-chefs. Le soir, il est à la caisse du Théâtre-Italien, ou de tout autre théâtre qu'il vous plaira choisir. Les enfants sont mis en nourrice, et en reviennent pour aller au collège ou dans un pensionnat. Monsieur et madame demeurent à un troisième étage, n'ont qu'une cuisinière, donnent des bals dans un salon de douze pieds sur huit, et éclairé par des quinquets ; mais ils donnent cent cinquante mille francs à leur fille, et se reposent à cinquante ans, âge auquel ils commencent à paraître aux troisièmes loges à l'Opéra, dans un fiacre à Longchamp, ou en toilette fanée, tous les jours de soleil, sur les boulevards, l'espalier de ces fructifications. Estimé dans le quartier, aimé du gouvernement, allié à la haute bourgeoisie, Monsieur obtient à soixante-cinq ans la croix de la Légion d'honneur, et le père de son gendre, maire d'un arrondissement, l'invite à ses soirées. Ces travaux de toute une vie profitent donc à des enfants que cette petite bourgeoisie tend fatalement à élever jusqu'à la haute. Chaque sphère jette ainsi tout son frai dans sa sphère supérieure. Le fils du riche épicier se fait notaire, le fils du marchand de bois devient magistrat. Pas une dent ne manque à mordre sa rainure, et tout stimule le mouvement ascensionnel de l'argent.

Nous voici donc amenés au troisième cercle de cet enfer, qui peut-être, un jour, aura son DANTE. Dans ce troisième cercle social, espèce de ventre parisien, où se digèrent les intérêts de la ville et où ils se condensent sous la forme dite *affaires*, se remue et s'agite par un âcre et fielleux mouvement intestinal la foule des avoués, médecins, notaires, avocats, gens d'affaires, banquiers, gros commerçants, spéculateurs, magistrats. Là, se rencontrent encore plus de causes pour la destruction physique et morale que partout ailleurs. Ces gens vivent, presque tous, en d'infectes études, en des salles d'audiences empestées, dans de petits cabinets grillés, passent le jour courbés sous le poids des affaires, se lèvent dès l'aurore pour être en mesure, pour ne pas se laisser dévaliser, pour tout gagner ou pour ne rien perdre, pour saisir un homme ou son argent, pour emmancher ou démancher une affaire, pour tirer parti d'une circonstance fugitive, pour faire pendre ou acquitter un homme. Ils réagissent sur les chevaux, ils les crèvent, les surmènent, leur vieillissent, aussi à eux, les jambes avant le temps. Le temps est leur tyran, il leur manque, il leur échappe ; ils ne peuvent ni l'étendre, ni le resserrer. Quelle âme peut rester grande, pure, morale, généreuse, et conséquemment quelle figure demeure belle dans le dépravant exercice d'un métier qui force à supporter le poids des misères publiques, à les analyser, les peser, les estimer, les mettre en coupe réglée ? Ces gens-là déposent leur cœur, où ?... je ne sais ; mais ils le laissent quelque part, quand ils en ont un, avant de descendre tous les matins au fond des peines qui poignent les familles. Pour eux, point de mystères, ils voient l'envers de la société dont ils sont les confesseurs, et la méprisent. Or, quoi qu'ils fassent, à force de se mesurer avec la corruption, ils en ont horreur et s'attristent; ou par lassitude, par transaction secrète, ils l'épousent; enfin, nécessairement, ils se blasent sur tous les sentiments, eux que les lois, les hommes, les institutions font voler comme des choucas sur les cadavres encore chauds. À toute heure, l'homme d'argent pèse les vivants, l'homme des contrats pèse les morts, l'homme de loi pèse la conscience. Obligés de parler sans cesse, tous remplacent l'idée par la parole, le sentiment par la phrase, et leur âme devient un larynx. Ils s'usent et se démoralisent. Ni le grand négociant, ni le juge, ni l'avocat ne conservent leur sens droit: ils ne sentent plus, ils appliquent les règles que faussent les espèces. Emportés par leur existence torrentueuse, ils ne sont ni époux, ni pères, ni amants; ils glissent à la ramasse sur les choses de la vie, et vivent à toute heure, poussés par les affaires de la grande cité. Quand ils rentrent chez eux, ils sont requis d'aller au bal, à l'Opéra, dans les fêtes où ils vont se faire des clients, des connaissances, des protecteurs. Tous mangent démesurément, jouent, veillent, et leurs figures s'arrondissent, s'aplatissent, se rougissent. À de si terribles dépenses de forces intellectuelles, à des contractions morales si multipliées, ils opposent non pas le plaisir, il est trop pâle et ne produit aucun contraste, mais la débauche, débauche secrète, effrayante, car ils peuvent disposer de tout, et font la morale de la société. Leur stupidité réelle se cache sous une science spéciale. Ils savent leur métier, mais ils ignorent tout ce qui n'en est pas. Alors, pour sauver leur amour-propre, ils mettent tout en question, critiquent à tort et à travers; paraissent douteurs et sont gobe-mouches en réalité, noient leur esprit dans leurs interminables discussions. Presque tous adoptent commodément les préjugés sociaux, littéraires ou politiques pour se dispenser d'avoir une opinion; de même qu'ils mettent leurs consciences à l'abri du code, ou du tribunal de commerce. Partis de bonne heure pour être des hommes remarquables, ils deviennent médiocres, et rampent sur les sommités du monde. Aussi leurs figures offrent-elles cette pâleur aigre, ces colorations fausses, ces yeux ternis, cernés, ces bouches bavardes et sensuelles où l'observateur reconnaît les symptômes de l'abâtardissement de la pensée et sa rotation dans le cirque d'une spécialité qui tue les facultés génératives du cerveau, le don de voir en grand, de généraliser et de déduire. Ils se ratatinent presque tous dans la fournaise des affaires. Aussi jamais un homme qui s'est laissé prendre dans les concassations ou dans l'engrenage de ces immenses machines, ne peut-il devenir grand. S'il est médecin, ou il a peu fait la médecine, ou il est une exception, un Bichat qui meurt jeune. Si, grand négociant, il reste quelque chose, il est presque Jacques Cœur. Robespierre exerça-t-il ? Danton était un paresseux qui attendait. Mais qui d'ailleurs a jamais envié les figures de Danton et de Robespierre, quelque superbes qu'elles puissent être ? Ces affairés par excellence attirent à eux l'argent et l'entassent pour s'allier aux familles aristocratiques. Si l'ambition de l'ouvrier est celle du petit-bourgeois, ici, mêmes passions encore. À Paris, la vanité résume toutes les passions. Le type de cette classe serait soit le bourgeois ambitieux, qui, après une vie d'angoisses et de manœuvres continuelles, passe au Conseil d'État comme une fourmi passe par une fente ; soit quelque rédacteur de journal, roué d'intrigues, que le Roi fait pair de France, peut-être pour se venger de la noblesse ; soit quelque notaire devenu maire de son arrondissement, tous gens laminés par les affaires et qui, s'ils arrivent à leur but, y arrivent *tués*. En France, l'usage est d'introniser la perruque. Napoléon, Louis XIV, les grands rois seuls ont toujours voulu des jeunes gens pour mener leurs desseins.

Au-dessus de cette sphère, vit le monde artiste. Mais là encore, les visages, marqués du sceau de l'originalité, sont noblement brisés, mais brisés, fatigués, sinueux. Excédés par un besoin de produire, dépassés par leurs coûteuses fantaisies, lassés par un génie dévoreur, affamés de plaisir, les artistes de Paris veulent tous regagner par d'excessifs travaux les lacunes laissées par la paresse, et cherchent vainement à concilier le monde et la gloire, l'argent et l'art. En commençant, l'artiste est sans cesse haletant sous le créancier ; ses besoins enfantent les dettes, et ses dettes lui demandent ses nuits. Après le travail, le plaisir. Le comédien joue jusqu'à minuit, étudie le matin, répète à midi ; le sculpteur plie sous sa statue ; le journaliste est une pensée en marche comme le soldat en guerre ; le peintre en vogue est accablé d'ouvrage, le peintre sans occupation se ronge les entrailles s'il se sent homme de génie. La concurrence, les rivalités, les calomnies assassinent ces talents. Les uns, désespérés, roulent dans les abîmes du vice, les autres meurent jeunes et ignorés pour s'être escompté trop tôt leur avenir. Peu de ces figures, primitivement sublimes, restent belles. D'ailleurs la beauté flamboyante de leurs têtes demeure incomprise. Un visage d'artiste est toujours exorbitant, il se trouve toujours en dessus ou en dessous des lignes convenues pour ce que les imbéciles nomment le beau idéal. Quelle puissance les détruit ? La passion. Toute passion à Paris se résout par deux termes : or et plaisir.

Maintenant, ne respirez-vous pas ? Ne sentez-vous pas l'air et l'espace purifiés ? Ici, ni travaux ni peines. La tournoyante volute de l'or a gagné les sommités. Du fond des soupiraux où commencent ses rigoles, du fond des boutiques où l'arrêtent de chétifs batardeaux, du sein des comptoirs et des grandes officines où il se laisse mettre en barres, l'or, sous forme de dots ou de successions, amené par la main des jeunes filles ou par les mains ossues du vieillard, jaillit vers la gent aristocratique où il va reluire, s'étaler, ruisseler. Mais avant de quitter les quatre terrains sur lesquels s'appuie la haute propriété parisienne, ne faut-il pas, après les causes morales dites, déduire les causes physiques, et faire observer une peste, pour ainsi dire sous-jacente, qui constamment agit sur les visages du portier, du boutiquier, de l'ouvrier ; signaler une délétère influence dont la corruption égale celle des administrateurs parisiens qui la laissent complaisamment subsister ! Si l'air des maisons où vivent la plupart des bourgeois est infect, si l'atmosphère des rues crache des miasmes cruels en des arrière-boutiques où l'air se raréfie, sachez qu'outre cette pestilence, les quarante mille maisons de cette grande ville baignent leurs pieds en des immondices que le pouvoir n'a pas encore voulu sérieusement enceindre de murs en béton qui pussent empêcher la plus fétide boue de filtrer à travers le sol, d'y empoisonner les puits et de continuer souterrainement à Lutèce son nom célèbre. La moitié de Paris couche dans les exhalaisons putrides des cours, des rues et des basses œuvres. Mais abordons les grands salons aérés et dorés, les hôtels à jardins, le monde riche, oisif, heureux, renté. Les figures y sont étiolées et rongées par la vanité. Là rien de réel. Chercher le plaisir, n'est-ce pas trouver l'ennui ? Les gens du monde ont de bonne heure fourbu leur nature. N'étant occupés qu'à se fabriquer de la joie, ils ont promptement abusé de leurs sens, comme l'ouvrier abuse de l'eau-de-vie. Le plaisir est comme certaines substances médicales : pour obtenir constamment les mêmes effets, il faut doubler les doses, et la mort ou l'abrutissement est contenu dans la dernière. Toutes les classes inférieures sont tapies devant les riches et en guettent les goûts pour en faire des vices et les exploiter. Comment résister aux habiles séductions qui se trament en ce pays ? Aussi Paris a-t-il ses thériakis, pour qui le jeu, la gastrolâtrie ou la courtisane sont un opium. Aussi voyez-vous de bonne heure à ces gens-là des goûts et non des passions, des fantaisies romanesques et des amours frileux. Là règne l'impuissance ; là plus d'idées, elles ont passé comme l'énergie dans les simagrées du boudoir, dans les singeries féminines. Il y a des blancs-becs de quarante ans, de vieux docteurs de seize ans. Les riches rencontrent à Paris de l'esprit tout fait, la science toute mâchée, des opinions toutes formulées qui les dispensent d'avoir esprit, science ou opinion. Dans ce monde, la déraison est égale à la faiblesse et au libertinage. On y est avare de temps à force d'en perdre. N'y cherchez pas plus d'affections que d'idées. Les embrassades couvrent une profonde indifférence, et la politesse un mépris continuel. On n'y aime jamais autrui. Des saillies sans profondeur, beaucoup d'indiscrétions, des commérages, par-dessus tout des lieux communs ; tel est le fond de eur langage ; mais ces malheureux *Heureux* prétendent qu'ils ne se rassemblent pas pour dire et faire des maximes à la façon de La Rochefoucauld ; comme s'il n'existait pas un milieu, trouvé par le XVIIIe siècle, entre le trop-plein et le vide absolu. Si quelques hommes valides usent d'une plaisanterie fine et légère, elle est incomprise ; bientôt fatigués de donner sans recevoir, ils restent chez eux et laissent régner les sots sur leur terrain. Cette vie creuse, cette attente continuelle d'un plaisir qui n'arrive jamais, cet ennui permanent, cette inanité d'esprit, de cœur et de cervelle, cette lassitude du grand raout parisien se reproduisent sur les traits, et confectionnent ces visages de carton, ces rides prématurées, cette physionomie des riches où grimace l'impuissance, où se reflète l'or, et d'où l'intelligence a fui.

Cette vue du Paris moral prouve que le Paris physique ne saurait être autrement qu'il n'est. Cette ville à diadème est une reine qui, toujours grosse, a des envies irrésistiblement furieuses. Paris est la tête du globe, un cerveau qui crève de génie et conduit la civilisation humaine, un grand homme, un artiste incessamment créateur, un politique à seconde vue qui doit nécessairement avoir les rides du cerveau, les vices du grand homme, les fantaisies de l'artiste et les blasements du politique. Sa physionomie sous-entend la germination du bien et du mal, le combat et la victoire ; la bataille morale de 89 dont les trompettes retentissent encore dans tous les coins du monde ; et aussi l'abattement de 1814. Cette ville ne peut donc pas être plus morale, ni plus cordiale, ni plus propre que ne l'est la chaudière motrice de ces magnifiques pyroscaphes que vous admirez fendant les ondes ! Paris n'est-il pas un sublime vaisseau chargé d'intelligence ? Oui, ses armes sont un de ces oracles que se permet quelquefois la fatalité. La VILLE DE PARIS a son grand mât tout de bronze, sculpté de victoires, et pour vigie Napoléon. Cette nauf a bien son tangage et son roulis ; mais elle sillonne le monde, y fait feu par les cent bouches de ses tribunes, laboure les mers scientifiques, y vogue à pleines voiles, crie du haut de ses huniers par la voix de ses savants et de ses artistes : — « En avant, marchez ! suivez-moi ! » Elle porte un équipage immense qui se plaît à la pavoiser de nouvelles banderoles. Ce sont mousses et gamins riant dans les cordages ; lest de lourde bourgeoisie ; ouvriers et matelots goudronnés ; dans ses cabines, les heureux passagers ; d'élégants midshipmen fument leurs cigares, penchés sur le bastingage ; puis sur le tillac, ses soldats, novateurs ou ambitieux, vont aborder à tous les rivages, et, tout en y répandant de vives lueurs, demandent de la gloire qui est un plaisir, ou des amours qui veulent de l'or.

Donc le mouvement exorbitant des prolétaires, donc la dépravation des intérêts qui broient les deux bourgeoisies, donc les cruautés de la pensée artiste, et les excès du plaisir incessamment cherché par les grands, expliquent la laideur normale de la physionomie parisienne. En Orient seulement, la race humaine offre un buste magnifique ; mais il est un effet du calme constant affecté par ces profonds philosophes à longue pipe, à petites jambes, à torses carrés, qui méprisent le mouvement et l'ont en horreur ; tandis qu'à Paris, Petits, Moyens et Grands courent, sautent et cabriolent, fouettés par une impitoyable déesse, la Nécessité : nécessité d'argent, de gloire ou d'amusement. Aussi quelque visage frais, reposé, gracieux, vraiment jeune y est-il la plus extraordinaire des exceptions : il s'y rencontre rarement. Si vous en voyez un, assurément il appartient : à un ecclésiastique jeune et fervent, ou à quelque bon abbé quadragénaire, à triple menton ;

à une jeune personne de mœurs pures comme il s'en élève dans certaines familles bourgeoises ; à une mère de vingt ans, encore pleine d'illusions et qui allaite son premier-né ; à un jeune homme frais débarqué de province, et confié à une douairière dévote qui le laisse sans un sou ; ou peut-être à quelque garçon de boutique, qui se couche à minuit, bien fatigué d'avoir plié ou déplié du calicot, et qui se lève à sept heures pour arranger l'étalage ; ou souvent à un homme de science ou de poésie, qui vit monastiquement en bonne fortune avec une belle idée, qui demeure sobre, patient et chaste ; ou à quelque sot, content de lui-même, se nourrissant de bêtise, crevant de santé, toujours occupé de se sourire à lui-même ; ou à l'heureuse et molle espèce des flâneurs, les seuls gens réellement heureux à Paris, et qui en dégustent à chaque heure les mouvantes poésies. Néanmoins, il est à Paris une portion d'êtres privilégiés auxquels profite ce mouvement excessif des fabrications, des intérêts, des affaires, des arts et de l'or. Ces êtres sont les femmes. Quoiqu'elles aient aussi mille causes secrètes qui là, plus qu'ailleurs, détruisent leur physionomie, il se rencontre, dans le monde féminin, de petites peuplades heureuses qui vivent à l'orientale, et peuvent conserver leur beauté ; mais ces femmes se montrent rarement à pied dans les rues, elles demeurent cachées, comme des plantes rares qui ne déploient leurs pétales qu'à certaines heures, et qui constituent de véritables exceptions exotiques. Cependant Paris est essentiellement aussi le pays des contrastes. Si les sentiments vrais y sont rares, il se rencontre aussi, là comme ailleurs, de nobles amitiés, des dévouements sans bornes. Sur ce champ de bataille des intérêts et des passions, de même qu'au milieu de ces sociétés en marche où triomphe l'égoïsme, où chacun est obligé de se défendre lui seul, et que nous appelons des *armées*, il semble que les sentiments se plaisent à être complets quand ils se montrent, et sont sublimes par juxtaposition. Ainsi des figures. À Paris, parfois, dans la haute aristocratie, se voient clairsemés quelques ravissants visages de jeunes gens, fruits d'une éducation et de mœurs tout exceptionnelles. À la juvénile beauté du sang anglais ils unissent la fermeté des traits méridionaux, l'esprit français, la pureté de la forme. Le feu de leurs yeux, une délicieuse rougeur de lèvres, le noir lustré de leur chevelure fine, un teint blanc, une coupe de visage distinguée les rendent de belles fleurs humaines, magnifiques à voir sur la masse des autres physionomies, ternies, vieillottes, crochues, grimaçantes. Aussi, les femmes admirent-elles aussitôt ces jeunes gens avec ce plaisir avide que prennent les hommes à regarder une jolie personne, décente, gracieuse, décorée de toutes les virginités dont notre imagination se plaît à embellir la fille parfaite. Si ce coup d'œil rapidement jeté sur la population de Paris a fait concevoir la rareté d'une figure raphaëlesque, et l'admiration passionnée qu'elle y doit inspirer à première vue, le principal intérêt de notre histoire se trouvera justifié. *Quod erat demonstrandum*, ce qui était à démontrer, s'il est permis d'appliquer les formules de la scolastique à la science des mœurs.

Or, par une de ces belles matinées de printemps, où les feuilles ne sont pas vertes encore, quoique dépliées ; où le soleil commence à faire flamber les toits et où le ciel est bleu ; où la population parisienne sort de ses alvéoles, vient bourdonner sur les boulevards, coule comme un serpent à mille couleurs, par la rue de la Paix vers les Tuileries, en saluant les pompes de l'hyménée que recommence la campagne ; dans une de ces joyeuses journées donc, un jeune homme, beau comme était le jour de ce jour-là, mis avec goût, aisé dans ses manières (disons le secret) un enfant de l'amour, le fils naturel de lord Dudley et de la célèbre marquise de Vordac, se promenait dans la grande allée des Tuileries. Cet Adonis, nommé Henri de Marsay, naquit en France, où lord Dudley vint marier la jeune personne, déjà mère d'Henri, à un vieux gentilhomme appelé monsieur de Marsay. Ce papillon déteint et presque éteint reconnut l'enfant pour sien, moyennant l'usufruit d'une rente de cent mille francs définitivement attribuée à son fils putatif ; folie qui ne coûta pas fort cher à lord Dudley : les rentes françaises valaient alors dix-sept francs cinquante centimes. Le vieux gentilhomme mourut sans avoir connu sa femme. Madame de Marsay épousa depuis le marquis de Vordac ; mais, avant de devenir marquise, elle s'inquiéta peu de son enfant et de lord Dudley. D'abord, la guerre déclarée entre la France et l'Angleterre avait séparé les deux amants, et la fidélité *quand même* n'était pas et ne sera guère de mode à Paris. Puis les succès de la femme élégante, jolie, universellement adorée étourdirent dans la Parisienne le sentiment maternel. Lord Dudley ne fut pas plus soigneux de sa progéniture, que ne l'était la mère. La prompte infidélité d'une jeune fille ardemment aimée lui donna peut-être une sorte d'aversion pour tout ce qui venait d'elle. D'ailleurs, peut-être aussi, les pères n'aiment-ils que les enfants avec lesquels ils ont fait une ample connaissance ; croyance sociale de la plus haute importance pour le repos des familles, et que doivent entretenir tous les célibataires, en prouvant que la paternité est un sentiment élevé en serre chaude par la femme, par les mœurs et les lois.

Le pauvre Henri de Marsay ne rencontra de père que dans celui des deux qui n'était pas obligé de l'être. La paternité de monsieur de Marsay fut naturellement très incomplète. Les enfants n'ont, dans l'ordre naturel, de père que pendant peu de moments ; et le gentilhomme imita la nature. Le bonhomme n'eût pas vendu son nom s'il n'avait point eu de vices. Alors il mangea sans remords dans les tripots, et but ailleurs le peu de semestres que payait aux rentiers le trésor national. Puis il livra l'enfant à une vieille sœur, une demoiselle de Marsay, qui en eut grand soin, et lui donna, sur la maigre pension allouée par son frère, un précepteur, un abbé sans sou ni maille, qui toisa l'avenir du jeune homme et résolut de se payer, sur les cent mille livres de rente, des soins donnés à son pupille, qu'il prit en affection. Ce précepteur se trouvait par hasard être un vrai prêtre, un de ces ecclésiastiques taillés pour devenir cardinaux en France ou Borgia sous la tiare. Il apprit en trois ans à l'enfant ce qu'on lui eût appris en dix ans au collège. Puis ce grand homme, nommé l'abbé de Maronis, acheva l'éducation de son élève en lui faisant étudier la civilisation sous toutes ses faces : il le nourrit de son expérience, le traîna fort peu dans les églises, alors fermées ; le promena quelquefois dans les coulisses, plus souvent chez les courtisanes ; il lui démonta les sentiments humains pièce à pièce ; lui enseigna la politique au cœur des salons où elle se rôtissait alors ; il lui numérota les machines du gouvernement, et tenta, par amitié pour une belle nature délaissée, mais riche en espérance, de remplacer virilement la mère : l'Église n'est-elle pas la mère des orphelins ? L'élève répondit à tant de soins. Ce digne homme mourut évêque en 1812, avec la satisfaction d'avoir laissé sous le ciel un enfant dont le cœur et l'esprit étaient à seize ans si bien façonnés, qu'il pouvait jouer sous jambe un homme de quarante. Qui se serait attendu à rencontrer un cœur de bronze, une cervelle alcoolisée sous les dehors les plus séduisants que les vieux peintres, ces artistes naïfs, aient donnés au serpent dans le paradis terrestre ? Ce n'est rien encore. De plus, le bon diable violet avait fait faire à son enfant de prédilection certaines connaissances dans la haute société de Paris qui pouvaient équivaloir comme produit, entre les mains du jeune homme, à cent autres mille livres de rente. Enfin, ce prêtre, vicieux mais politique, incrédule mais savant, perfide mais aimable, faible en apparence mais aussi vigoureux de tête que de corps, fut si réellement utile à son élève, si complaisant à ses vices, si bon calculateur de toute espèce de force, si profond quand il fallait faire quelque décompte humain, si jeune à table, à Frascati, à... je ne sais où, que le reconnaissant Henri de Marsay ne s'attendrissait plus guère, en 1814, qu'en voyant le portrait de son cher évêque, seule chose mobilière qu'ait pu lui léguer ce prélat, admirable type des hommes dont le génie sauvera l'Église catholique, apostolique et romaine, compromise en ce moment par la faiblesse de ses recrues, et par la vieillesse de ses pontifes ; mais si veut l'Église. La guerre continentale empêcha le jeune de Marsay de connaître son vrai père dont il est douteux qu'il sût le nom. Enfant abandonné, il ne connut pas davantage madame de Marsay. Naturellement il regretta fort peu son père putatif. Quant à mademoiselle de Marsay, sa seule mère, il lui fit élever dans le cimetière du Père-Lachaise lorsqu'elle mourut un fort joli petit tombeau. Mgr de Maronis avait garanti à ce vieux bonnet à coques l'une des meilleures places dans le ciel, en sorte que, la voyant heureuse de mourir, Henri lui donna des larmes égoïstes, il se mit à la pleurer pour lui-même. Voyant cette douleur, l'abbé sécha les larmes de son élève, en lui faisant observer que la bonne fille prenait bien dégoûtamment son tabac, et devenait si laide, si sourde, si ennuyeuse, qu'il devait des remerciements à la mort. L'évêque avait fait émanciper son élève en 1811. Puis quand la mère de monsieur de Marsay se remaria, le prêtre choisit, dans un conseil de famille, un de ces honnêtes acéphales triés par lui sur le volet du confessionnal, et le chargea d'administrer la fortune dont il appliquait bien les revenus au besoin de la communauté, mais dont il voulait conserver le capital.

Vers la fin de 1814, Henri de Marsay n'avait donc sur terre aucun sentiment obligatoire et se trouvait libre autant que l'oiseau sans compagne. Quoiqu'il eût vingt-deux ans accomplis, il paraissait en avoir à peine dix-sept. Généralement, les plus difficiles de ses rivaux le regardaient comme le plus joli garçon de Paris. De son père, lord Dudley, il avait pris les yeux bleus les plus amoureusement décevants ; de sa mère, les cheveux noirs les plus touffus ; de tous deux, un sang pur, une peau de jeune fille, un air doux et modeste, une taille fine et aristocratique, de fort belles mains. Pour une femme, le voir, c'était en être folle ; vous savez ? concevoir un de ces désirs qui mordent le cœur, mais qui s'oublient par impossibilité de le satisfaire, parce que la femme est vulgairement à Paris sans ténacité. Peu d'entre elles se disent à la manière des hommes le : JE MAINTIENDRAI de la maison d'Orange. Sous cette fraîcheur de vie, et malgré l'eau limpide de ses yeux, Henri avait un courage de lion, une adresse de singe. Il coupait une balle à dix pas dans la lame d'un couteau ; montait à cheval de manière à réaliser la fable du centaure ; conduisait avec grâce une voiture à grandes guides ; était leste comme Chérubin et tranquille comme un mouton ; mais il savait battre un homme du faubourg au terrible jeu de la savate ou du bâton ; puis, il touchait du piano de manière à pouvoir se faire artiste s'il tombait dans le malheur, et possédait une voix qui lui aurait valu de Barbaja cinquante mille francs par saison. Hélas, toutes ces belles qualités, ces jolis défauts étaient ternis par un épouvantable vice : il ne croyait ni aux hommes ni aux femmes, ni à Dieu ni au diable. La capricieuse nature avait commencé à le douer ; un prêtre l'avait achevé.

Pour rendre cette aventure compréhensible, il est nécessaire d'ajouter ici que lord Dudley trouva naturellement beaucoup de femmes disposées à tirer quelques exemplaires d'un si délicieux portrait. Son second chef-d'œuvre en ce genre fut une jeune fille nommée Euphémie, née d'une dame espagnole, élevée à La Havane, ramenée à Madrid avec une jeune créole des Antilles, avec les goûts ruineux des colonies ; mais heureusement mariée à un vieux et puissamment riche seigneur espagnol, don Hijos, marquis de San-Réal qui, depuis l'occupation de l'Espagne par les troupes françaises, était venu habiter Paris, et demeurait rue Saint-Lazare. Autant par insouciance que par respect pour l'innocence du jeune âge, lord Dudley ne donna point avis à ses enfants des parentés qu'il leur créait partout. Ceci est un léger inconvénient de la civilisation, elle a tant d'avantages, il faut lui passer ses malheurs en faveur de ses bienfaits. Lord Dudley, pour n'en plus parler, vint, en 1816, se réfugier à Paris, afin d'éviter les poursuites de la justice anglaise, qui, de l'Orient, ne protège que la marchandise. Le lord voyageur demanda quel était ce beau jeune homme en voyant Henri. Puis, en l'entendant nommer: «Ah! c'est mon fils. Quel malheur!» dit-il.

Telle était l'histoire du jeune homme qui, vers le milieu du mois d'avril, en 1815, parcourait nonchalamment la grande allée des Tuileries, à la manière de tous les animaux qui, connaissant leurs forces, marchent dans leur paix et leur majesté; les bourgeoises se retournaient tout naïvement pour le revoir, les femmes ne se retournaient point, elles l'attendaient au retour, et gravaient dans leur mémoire, pour s'en souvenir à propos, cette suave figure qui n'eût pas déparé le corps de la plus belle d'entre elles.

— Que fais-tu donc ici le dimanche? dit à Henri le marquis de Ronquerolles en passant.

— Il y a du poisson dans la nasse, répondit le jeune homme.

Cet échange de pensées se fit au moyen de deux regards significatifs et sans que ni Ronquerolles ni de Marsay eussent l'air de se reconnaître. Le jeune homme examinait les promeneurs, avec cette promptitude de coup d'œil et d'ouïe particulière au Parisien qui paraît, au premier aspect, ne rien voir et ne rien entendre, mais qui voit et entend tout. En ce moment, un jeune homme vint à lui, lui prit familièrement le bras, en lui disant:

— Comment cela va-t-il, mon bon de Marsay?

— Mais très bien, lui répondit de Marsay de cet air affectueux en apparence, mais qui entre les jeunes gens parisiens, ne prouve rien, ni pour le présent ni pour l'avenir.

En effet, les jeunes gens de Paris ne ressemblent aux jeunes gens d'aucune autre ville. Ils se divisent en deux classes: le jeune homme qui a quelque chose, et le jeune homme qui n'a rien; ou le jeune homme qui pense et celui qui dépense. Mais entendez-le bien, il ne s'agit ici que de ces indigènes qui mènent à Paris le train délicieux d'une vie élégante. Il y existe bien quelques autres jeunes gens, mais ceux-là sont des enfants qui conçoivent très tard l'existence parisienne et en restent les dupes. Ils ne spéculent pas, ils étudient, ils piochent, disent les autres. Enfin il s'y voit encore certains jeunes gens, riches ou pauvres, qui embrassent des carrières et les suivent tout uniment; ils sont un peu l'Émile de Rousseau, de la chair à citoyen, et n'apparaissent jamais dans le monde.

Les diplomates les nomment impoliment des niais. Niais ou non, ils augmentent le nombre de ces gens médiocres sous le poids desquels plie la France. Ils sont toujours là ; toujours prêts à gâcher les affaires publiques ou particulières, avec la plate truelle de la médiocrité, en se targuant de leur impuissance qu'ils nomment mœurs et probité. Ces espèces de *Prix d'excellence* sociaux infestent l'administration, l'armée, la magistrature, les chambres, la cour. Ils amoindrissent, aplatissent le pays et constituent en quelque sorte dans le corps politique une lymphe qui le surcharge et le rend mollasse. Ces honnêtes personnes nomment les gens de talent, immoraux, ou fripons. Si ces fripons font payer leurs services, du moins ils servent ; tandis que ceux-là nuisent et sont respectés par la foule ; mais heureusement pour la France, la jeunesse élégante les stigmatise sans cesse du nom de ganaches.

Donc, au premier coup d'œil, il est naturel de croire très distinctes les deux espèces de jeunes gens qui mènent une vie élégante ; aimable corporation à laquelle appartenait Henri de Marsay. Mais les observateurs qui ne s'arrêtent pas à la superficie des choses sont bientôt convaincus que les différences sont purement morales, et que rien n'est trompeur comme l'est cette jolie écorce. Néanmoins tous prennent également le pas sur tout le monde ; parlent, à tort et à travers, des choses, des hommes, de littérature, de beaux arts ; ont toujours à la bouche le *Pitt et Cobourg* de chaque année ; interrompent une conversation par un calembour ; tournent en ridicule la science et le savant ; méprisent tout ce qu'ils ne connaissent pas ou tout ce qu'ils craignent ; puis se mettent au-dessus de tout, en s'instituant juges suprêmes de tout. Tous mystifieraient leurs pères, et seraient prêts à verser dans le sein de leurs mères des larmes de crocodile ; mais généralement ils ne croient à rien, médisent des femmes, ou jouent la modestie, et obéissent en réalité à une mauvaise courtisane, ou à quelque vieille femme. Tous sont également cariés jusqu'aux os par le calcul, par la dépravation, par une brutale envie de parvenir, et s'ils sont menacés de la pierre, en les sondant on la leur trouverait à tous, au cœur. À l'état normal, ils ont les plus jolis dehors, mettent l'amitié à tout propos en jeu, sont également entraînants. Le même persiflage domine leurs changeants jargons ; ils visent à la bizarrerie dans leurs toilettes, se font gloire de répéter les bêtises de tel ou tel acteur en vogue, et débutent avec qui que ce soit par le mépris ou l'impertinence pour avoir en quelque sorte la première manche à ce jeu; mais malheur à qui ne sait pas se laisser crever un œil pour leur en crever deux. Ils paraissent également indifférents aux malheurs de la patrie, et à ses fléaux. Ils ressemblent bien enfin tous à la jolie écume blanche qui couronne le flot des tempêtes. Ils s'habillent, dînent, dansent, s'amusent le jour de la bataille de Waterloo, pendant le choléra, ou pendant une révolution. Enfin, ils font bien tous la même dépense; mais ici commence le parallèle. De cette fortune flottante et agréablement gaspillée, les uns ont le capital, et les autres l'attendent; ils ont les mêmes tailleurs, mais les factures de ceux-là sont à solder. Puis si les uns, semblables à des cribles, reçoivent toutes espèces d'idées, sans en garder aucune, ceux-là les comparent et s'assimilent toutes les bonnes. Si ceux-ci croient savoir quelque chose, ne savent rien et comprennent tout, prêtent tout à ceux qui n'ont besoin de rien et n'offrent rien à ceux qui ont besoin de quelque chose, ceux-là étudient secrètement les pensées d'autrui, et placent leur argent aussi bien que leurs folies à gros intérêts. Les uns n'ont plus d'impressions fidèles, parce que leur âme, comme une glace dépolie par l'user, ne réfléchit plus aucune image; les autres économisent leurs sens et leur vie tout en paraissant la jeter, comme ceux-là, par les fenêtres. Les premiers, sur la foi d'une espérance, se dévouent sans conviction à un système qui a le vent et remonte le courant, mais ils sautent sur une autre embarcation politique, quand la première va en dérive; les seconds toisent l'avenir, le sondent et voient dans la fidélité politique ce que les Anglais voient dans la probité commerciale, un élément de succès. Mais là où le jeune homme qui a quelque chose fait un calembour ou dit un bon mot sur le revirement du trône, celui qui n'a rien, fait un calcul public, ou une bassesse secrète, et parvient tout en donnant des poignées de main à ses amis. Les uns ne croient jamais de facultés à autrui, prennent toutes leurs idées comme neuves, comme si le monde était fait de la veille, ils ont une confiance illimitée en eux, et n'ont pas d'ennemi plus cruel que leur personne. Mais les autres sont armés d'une défiance continuelle des hommes qu'ils estiment à leur valeur, et sont assez profonds pour avoir une pensée de plus que leurs amis qu'ils exploitent; alors le soir, quand leur tête est sur l'oreiller, ils pèsent les hommes comme un avare pèse ses pièces d'or. Les uns se fâchent d'une impertinence sans portée et se laissent plaisanter par les diplomates qui les font poser devant eux en tirant le fil principal de ces pantins, l'amour-propre ; tandis que les autres se font respecter et choisissent leurs victimes et leurs protecteurs. Alors, un jour, ceux qui n'avaient rien, ont quelque chose ; et ceux qui avaient quelque chose, n'ont rien. Ceux-ci regardent leurs camarades parvenus à une position comme des sournois, des mauvais cœurs, mais aussi comme des hommes forts. « Il est très fort !... » est l'immense éloge décerné à ceux qui sont arrivés, *quibuscumque viis*, à la politique, à une femme ou à une fortune. Parmi eux, se rencontrent certains jeunes gens qui jouent ce rôle en le commençant avec des dettes ; et naturellement, ils sont plus dangereux que ceux qui le jouent sans avoir un sou.

Le jeune homme qui s'intitulait ami de Henri de Marsay était un étourdi, arrivé de province et auquel les jeunes gens alors à la mode apprenaient l'art d'écorner proprement une succession, mais il avait un dernier gâteau à manger dans sa province, un établissement certain. C'était tout simplement un héritier passé sans transition de ses maigres cent francs par mois à toute la fortune paternelle, et qui, s'il n'avait pas assez d'esprit pour s'apercevoir que l'on se moquait de lui, savait assez de calcul pour s'arrêter aux deux tiers de son capital. Il venait découvrir à Paris, moyennant quelques billets de mille francs, la valeur exacte des harnais, l'art de ne pas trop respecter ses gants, y entendre de savantes méditations sur les gages à donner aux gens, et chercher quel forfait était le plus avantageux à conclure avec eux ; il tenait beaucoup à pouvoir parler en bons termes de ses chevaux, de son chien des Pyrénées, à reconnaître d'après la mise, le marcher, le brodequin, à quelle espèce appartenait une femme ; étudier l'écarté, retenir quelques mots à la mode, et conquérir, par son séjour dans le monde parisien, l'autorité nécessaire pour importer plus tard en province le goût du thé, l'argenterie à forme anglaise, et se donner le droit de tout mépriser autour de lui pendant le reste de ses jours. De Marsay l'avait pris en amitié pour s'en servir dans le monde, comme un hardi spéculateur se sert d'un commis de confiance. L'amitié fausse ou vraie de De Marsay était une question sociale pour Paul de Manerville qui, de son côté, se croyait fort en exploitant à sa manière son ami intime. Il vivait dans le reflet de son ami, se mettait constamment sous son parapluie, en chaussait les bottes, se dorait de ses rayons. En se posant près d'Henri, ou même en marchant à ses côtés, il avait l'air de dire : « Ne nous insultez pas, nous sommes de vrais tigres ». Souvent il se permettait de dire avec fatuité : « Si je demandais telle ou telle chose à Henri, il est assez mon ami pour le faire… » Mais il avait soin de ne lui jamais rien demander. Il le craignait, et sa crainte, quoique imperceptible, réagissait sur les autres, et servait de Marsay.

— C'est un fier homme que de Marsay, disait Paul. Ha, ha, vous verrez, il sera ce qu'il voudra être. Je ne m'étonnerais pas de le trouver un jour ministre des Affaires étrangères. Rien ne lui résiste.

Puis il faisait de De Marsay ce que le caporal Trim faisait de son bonnet, un enjeu perpétuel.

— Demandez à de Marsay, et vous verrez !

Ou bien : — L'autre jour, nous chassions, de Marsay et moi, il ne voulait pas me croire, j'ai sauté un buisson sans bouger de mon cheval !

Ou bien : — Nous étions, de Marsay et moi, chez des femmes, et, ma parole d'honneur, j'étais, etc.

Ainsi Paul de Manerville ne pouvait se classer que dans la grande, l'illustre et puissante famille des niais qui arrivent. Il devait être un jour député. Pour le moment il n'était même pas un jeune homme. Son ami de Marsay le définissait ainsi : « Vous me demandez ce que c'est que Paul. Mais Paul ?… c'est Paul de Manerville. »

— Je m'étonne, mon bon, dit-il à de Marsay, que vous soyez là, le dimanche.

— J'allais te faire la même question.

— Une intrigue ?

— Peut-être…

— Bah !

— Je puis bien te dire cela à toi, sans compromettre ma passion. Puis une femme qui vient le dimanche aux Tuileries n'a pas de valeur, aristocratiquement parlant.

— Ha ! ha !

— Tais-toi donc, ou je ne te dis plus rien. Tu ris trop haut, tu vas faire croire que nous avons trop déjeuné. Jeudi dernier, ici, sur la terrasse des Feuillants, je me promenais sans penser à rien du tout. Mais en arrivant à la grille de la rue Castiglione par laquelle je comptais m'en aller, je me trouve nez à nez avec une femme, ou plutôt avec une jeune personne qui, si elle ne m'a pas sauté au cou, fut arrêtée, je crois, moins par le respect humain que par un de ces étonnements profonds qui coupent bras et jambes, descendent le long de l'épine dorsale et s'arrêtent dans la plante des pieds pour vous attacher au sol. J'ai souvent produit des effets de ce genre, espèce de magnétisme animal qui devient très puissant lorsque les rapports sont respectivement crochus. Mais, mon cher, ce n'était ni une stupéfaction, ni une fille vulgaire. Moralement parlant, sa figure semblait dire: « Quoi, te voilà, mon idéal, l'être de mes pensées, de mes rêves du soir et du matin. Comment es-tu là? Pourquoi ce matin? pourquoi pas hier? Prends-moi, je suis à toi », *et caetera!* — Bon, me dis-je en moi-même, encore une! Je l'examine donc. Ah! mon cher, physiquement parlant, l'inconnue est la personne la plus adorablement femme que j'aie jamais rencontrée. Elle appartient à cette variété féminine que les Romains nommaient *fulva*, *flava*, la femme de feu. Et d'abord, ce qui m'a le plus frappé, ce dont je suis encore épris, ce sont deux yeux jaunes comme ceux des tigres; un jaune d'or qui brille, de l'or vivant, de l'or qui pense, de l'or qui aime et veut absolument venir dans votre gousset!

— Nous ne connaissons que ça, mon cher! s'écria Paul. Elle vient quelquefois ici, c'est la *Fille aux yeux d'or.* Nous lui avons donné ce nom-là. C'est une jeune personne d'environ vingt-deux ans, et que j'ai vue ici quand les Bourbons y étaient, mais avec une femme qui vaut cent mille fois mieux qu'elle.

— Tais-toi, Paul! Il est impossible à quelque femme que ce soit de surpasser cette fille semblable à une chatte qui veut venir frôler vos jambes, une fille blanche à cheveux cendrés, délicate en apparence, mais qui doit avoir des fils cotonneux sur la troisième phalange de ses doigts; et le long des joues un duvet blanc dont la ligne, lumineuse par un beau jour, commence aux oreilles et se perd sur le col.

— Ah! l'autre! mon cher de Marsay. Elle vous a des yeux noirs qui n'ont jamais pleuré, mais qui brûlent; des sourcils noirs qui se rejoignent et lui donnent un air de dureté démentie par le réseau de ses lèvres, sur lesquelles un baiser ne reste pas, des lèvres ardentes et fraîches; un teint mauresque auquel un homme se chauffe comme au soleil; mais, ma parole d'honneur, elle te ressemble…

— Tu la flattes!

— Une taille cambrée, la taille élancée d'une corvette construite pour faire la course, et qui se rue sur le vaisseau marchand avec une impétuosité française, le mord et le coule bas en deux temps.

— Enfin, mon cher, que me fait celle que je n'ai point vue! reprit de Marsay. Depuis que j'étudie les femmes, mon inconnue est la seule dont le sein vierge, les formes ardentes et voluptueuses m'aient réalisé la seule femme que j'aie rêvée, moi! Elle est l'original de la délirante peinture, appelée *la femme caressant sa chimère*, la plus chaude, la plus infernale inspiration du génie antique; une sainte poésie prostituée par ceux qui l'ont copiée pour les fresques et les mosaïques; pour un tas de bourgeois qui ne voient dans ce camée qu'une breloque, et la mettent à leurs clefs de montre, tandis que c'est toute la femme, un abîme de plaisirs où l'on roule sans en trouver la fin, tandis que c'est une femme idéale qui se voit quelquefois en réalité dans l'Espagne, dans l'Italie, presque jamais en France. Hé bien, j'ai revu cette fille aux yeux d'or, cette femme caressant sa chimère, je l'ai revue ici, vendredi. Je pressentais que le lendemain elle reviendrait à la même heure. Je ne me trompais point. Je me suis plu à la suivre sans qu'elle me vît, à étudier cette démarche indolente de la femme inoccupée, mais dans les mouvements de laquelle se devine la volupté qui dort. Eh bien, elle s'est retournée, elle m'a vu, m'a de nouveau adoré, a de nouveau tressailli, frissonné. Alors j'ai remarqué la véritable *duègne* espagnole qui la garde, une hyène à laquelle un jaloux a mis une robe, quelque diablesse bien payée pour garder cette suave créature… Oh! alors, la duègne m'a rendu plus qu'amoureux, je suis devenu curieux. Samedi, personne. Me voilà, aujourd'hui, attendant cette fille dont je suis la chimère, et ne demandant pas mieux que de me poser comme le monstre de la fresque.

— La voilà, dit Paul, tout le monde se retourne pour la voir…

L'inconnue rougit, ses yeux scintillèrent en apercevant Henri, elle les ferma, et passa.

— Tu dis qu'elle te remarque? s'écria plaisamment Paul de Manerville.

La duègne regarda fixement et avec attention les deux jeunes gens. Quand l'inconnue et Henri se rencontrèrent de nouveau, la jeune fille le frôla, et de sa main serra la main du jeune homme. Puis, elle se retourna, sourit avec passion ; mais la duègne l'entraînait fort vite, vers la grille de la rue Castiglione. Les deux amis suivirent la jeune fille en admirant la torsion magnifique de ce cou auquel la tête se joignait par une combinaison de lignes vigoureuses, et d'où se relevaient avec force quelques rouleaux de petits cheveux. La fille aux yeux d'or avait ce pied bien attaché, mince, recourbé, qui offre tant d'attraits aux imaginations friandes. Aussi était-elle élégamment chaussée, et portait-elle une robe courte. Pendant ce trajet, elle se retourna de moments en moments pour revoir Henri, et parut suivre à regret la vieille dont elle semblait être tout à la fois la maîtresse et l'esclave : elle pouvait la faire rouer de coups, mais non la faire renvoyer. Tout cela se voyait. Les deux amis arrivèrent à la grille. Deux valets en livrée dépliaient le marchepied d'un coupé de bon goût, chargé d'armoiries. La fille aux yeux d'or y monta la première, prit le côté où elle devait être vue quand la voiture se retournerait ; mit sa main sur la portière, et agita son mouchoir, à l'insu de la duègne, en se moquant du *qu'en dira-t-on* des curieux et disant à Henri publiquement à coups de mouchoir : « Suivez-moi... »

— As-tu jamais vu mieux jeter le mouchoir ? dit Henri à Paul de Manerville.

Puis apercevant un fiacre prêt à s'en aller après avoir amené du monde, il fit signe au cocher de rester.

— Suivez ce coupé, voyez dans quelle rue, dans quelle maison il entrera, vous aurez dix francs. — Adieu, Paul.

Le fiacre suivit le coupé. Le coupé rentra rue Saint-Lazare, dans un des plus beaux hôtels de ce quartier.

II

Singulière bonne fortune

De Marsay n'était pas un étourdi. Tout autre jeune homme aurait obéi au désir de prendre aussitôt quelques renseignements sur une fille qui réalisait si bien les idées les plus lumineuses exprimées sur les femmes par la poésie orientale ; mais, trop adroit pour compromettre ainsi l'avenir de sa bonne fortune, il avait dit à son fiacre de continuer la rue Saint-Lazare, et de le ramener à son hôtel. Le lendemain, son premier valet de chambre nommé Laurent, garçon rusé comme un Frontin de l'ancienne comédie, attendit aux environs de la maison habitée par l'inconnue, l'heure à laquelle se distribuent les lettres. Afin de pouvoir espionner à son aise et rôder autour de l'hôtel, il avait, suivant la coutume des gens de police qui veulent se bien déguiser, acheté sur place la défroque d'un Auvergnat, en essayant d'en prendre la physionomie. Quand le facteur qui pour cette matinée faisait le service de la rue Saint-Lazare vint à passer, Laurent feignit d'être un commissionnaire en peine de se rappeler le nom d'une personne à laquelle il devait remettre un paquet, et consulta le facteur. Trompé d'abord par les apparences, ce personnage si pittoresque au milieu de la civilisation parisienne lui apprit que l'hôtel où demeurait la *Fille aux yeux d'or* appartenait à Don Hijos, marquis de San-Réal, Grand d'Espagne. Naturellement l'Auvergnat n'avait pas affaire au marquis.

— Mon paquet, dit-il, est pour la marquise.

— Elle est absente, répondit le facteur. Ses lettres sont retournées à Londres.

— La marquise n'est donc pas une jeune fille qui...

— Ah ! dit le facteur en interrompant le valet de chambre et le regardant avec attention, tu es un commissionnaire comme je danse.

Laurent montra quelques pièces d'or au fonctionnaire à claquette, qui se mit à sourire.

— Tenez, voici le nom de votre gibier, dit-il en prenant dans sa boîte de cuir une lettre qui portait le timbre de Londres et sur laquelle cette adresse :

À mademoiselle

PAQUITA VALDÈS,

Rue Saint-Lazare, hôtel San-Réal.

PARIS.

était écrite en caractères allongés et menus qui annonçaient une main de femme.

— Seriez-vous cruel à une bouteille de vin de Chablis, accompagnée d'un filet sauté aux champignons, et précédée de quelques douzaines d'huîtres ? dit Laurent qui voulait conquérir la précieuse amitié du facteur.

— À neuf heures et demie, après mon service. Où ?

— Au coin de la rue de la Chaussée-d'Antin et de la rue Neuve-des-Mathurins, AU PUITS SANS VIN, dit Laurent.

— Écoutez, l'ami, dit le facteur en rejoignant le valet de chambre, une heure après cette rencontre, si votre maître est amoureux de cette fille, il s'inflige un fameux travail ! Je doute que vous réussissiez à la voir. Depuis dix ans que je suis facteur à Paris, j'ai pu y remarquer bien des systèmes de porte ! mais je puis bien dire, sans crainte d'être démenti par aucun de mes camarades, qu'il n'y a pas une porte aussi mystérieuse que l'est celle de monsieur de San-Réal. Personne ne peut pénétrer dans l'hôtel sans je ne sais quel mot d'ordre, et remarquez qu'il a été choisi exprès entre cour et jardin pour éviter toute communication avec d'autres maisons. Le suisse est un vieil Espagnol qui ne dit jamais un mot de français ; mais qui vous dévisage les gens, comme ferait Vidocq, pour savoir s'ils ne sont pas des voleurs. Si ce premier guichetier pouvait se laisser tromper par un amant, par un voleur ou par vous, sans comparaison, eh bien, vous rencontreriez dans la première salle, qui est fermée par une porte vitrée, un majordome entouré de laquais, un vieux farceur encore plus sauvage et plus bourru que ne l'est le suisse. Si quelqu'un franchit la porte cochère, mon majordome sort, vous l'attend sous le péristyle et te lui fait subir un interrogatoire comme à un criminel. Ça m'est arrivé, à moi, simple facteur. Il me prenait pour un *hémisphère* déguisé, dit-il en riant de son coq-à-l'âne. Quant aux gens, n'en espérez rien tirer, je les crois muets, personne dans le quartier ne connaît la couleur de leurs paroles; je ne sais pas ce qu'on leur donne de gages pour ne point parler et pour ne point boire; le fait est qu'ils sont inabordables, soit qu'ils aient peur d'être fusillés, soit qu'ils aient une somme énorme à perdre en cas d'indiscrétion. Si votre maître aime assez mademoiselle Paquita Valdès pour surmonter tous ces obstacles, il ne triomphera certes pas de dona Concha Marialva, la duègne qui l'accompagne et qui la mettrait sous ses jupes plutôt que de la quitter. Ces deux femmes ont l'air d'être cousues ensemble.

— Ce que vous me dites, estimable facteur, reprit Laurent après avoir dégusté le vin, me confirme ce que je viens d'apprendre. Foi d'honnête homme, j'ai cru que l'on se moquait de moi. La fruitière d'en face m'a dit qu'on lâchait pendant la nuit, dans les jardins, des chiens dont la nourriture est suspendue à des poteaux, de manière qu'ils ne puissent pas y atteindre. Ces damnés animaux croient alors que les gens susceptibles d'entrer en veulent à leur manger, et les mettraient en pièces. Vous me direz qu'on peut leur jeter des boulettes, mais il paraît qu'ils sont dressés à ne rien manger que de la main du concierge.

— Le portier de monsieur le baron de Nucingen, dont le jardin touche par en haut à celui de l'hôtel San-Réal, me l'a dit effectivement, reprit le facteur.

— Bon, mon maître le connaît, se dit Laurent. Savez-vous, reprit-il en guignant le facteur, que j'appartiens à un maître qui est un fier homme, et s'il se mettait en tête de baiser la plante des pieds d'une impératrice, il faudrait bien qu'elle en passât par là ? S'il avait besoin de vous, ce que je vous souhaite, car il est généreux, pourrait-on compter sur vous ?

— Dame, monsieur Laurent, je me nomme Moinot. Mon nom s'écrit absolument comme un moineau : M-o-i-n-o-t, not, Moinot.

— Effectivement, dit Laurent.

— Je demeure rue des Trois-Frères, n° 11, au cintième, reprit Moinot; j'ai une femme et quatre enfants. Si ce que vous voudrez de moi ne dépasse pas les possibilités de la conscience et mes devoirs administratifs, vous comprenez ! je suis le vôtre.

— Vous êtes un brave homme, lui dit Laurent en lui serrant la main.

— Paquita Valdès est sans doute la maîtresse du marquis de San-Réal, l'ami du roi Ferdinand. Un vieux cadavre espagnol de quatre-vingts ans est seul capable de prendre des précautions semblables, dit Henri quand son valet de chambre lui eut raconté le résultat de ses recherches.

— Monsieur, lui dit Laurent, à moins d'y arriver en ballon, personne ne peut entrer dans cet hôtel-là.

— Tu es une bête ! Est-il donc nécessaire d'entrer dans l'hôtel pour avoir Paquita, du moment où Paquita peut en sortir ?

— Mais, monsieur, et la duègne ?

— On la chambrera pour quelques jours, ta duègne.

— Alors, nous aurons Paquita ! dit Laurent en se frottant les mains.

— Drôle ! répondit Henri, je te condamne à la Concha si tu pousses l'insolence jusqu'à parler ainsi d'une femme avant que je ne l'aie eue. Pense à m'habiller, je vais sortir.

Henri resta pendant un moment plongé dans de joyeuses réflexions. Disons-le à la louange des femmes, il obtenait toutes celles qu'il daignait désirer. Et que faudrait-il donc penser d'une femme sans amant, qui aurait su résister à un jeune homme armé de la beauté qui est l'esprit du corps, armé de l'esprit qui est une grâce de l'âme, armé de la force morale et de la fortune qui sont les deux seules puissances réelles ? Mais en triomphant aussi facilement, de Marsay devait s'ennuyer de ses triomphes ; aussi, depuis environ deux ans s'ennuyait-il beaucoup. En plongeant au fond des voluptés, il en rapportait plus de gravier que de perles. Donc il en était venu, comme les souverains, à implorer du hasard quelque obstacle à vaincre, quelque entreprise qui demandât le déploiement de ses forces morales et physiques inactives. Quoique Paquita Valdès lui présentât le merveilleux assemblage des perfections dont il n'avait encore joui qu'en détail, l'attrait de la passion était presque nul chez lui. Une satiété constante avait affaibli dans son cœur le sentiment de l'amour. Comme les vieillards et les gens blasés, il n'avait plus que des caprices extravagants, des goûts ruineux, des fantaisies qui, satisfaites, ne lui laissaient aucun bon souvenir au cœur. Chez les jeunes gens, l'amour est le plus beau des sentiments, il fait fleurir la vie dans l'âme, il épanouit par sa puissance solaire les plus belles inspirations et leurs grandes pensées : les prémices en toute chose ont une délicieuse saveur. Chez les hommes, l'amour devient une passion: la force mène à l'abus. Chez les vieillards, il se tourne au vice: l'impuissance conduit à l'extrême. Henri était à la fois vieillard, homme et jeune. Pour lui rendre les émotions d'un véritable amour, il lui fallait comme à Lovelace une Clarisse Harlowe. Sans le reflet magique de cette perle introuvable, il ne pouvait plus avoir que, soit des passions aiguisées par quelque vanité parisienne, soit des partis pris avec lui-même de faire arriver telle femme à tel degré de corruption, soit des aventures qui stimulassent sa curiosité. Le rapport de Laurent, son valet de chambre, venait de donner un prix énorme à la *Fille aux yeux d'or*. Il s'agissait de livrer bataille à quelque ennemi secret, qui paraissait aussi dangereux qu'habile; et, pour remporter la victoire, toutes les forces dont Henri pouvait disposer n'étaient pas inutiles. Il allait jouer cette éternelle vieille comédie qui sera toujours neuve, et dont les personnages sont un vieillard, une jeune fille et un amoureux: don Hijos, Paquita, de Marsay. Si Laurent valait Figaro, la duègne paraissait incorruptible. Ainsi, la pièce vivante était plus fortement nouée par le hasard qu'elle ne l'avait jamais été par aucun auteur dramatique! Mais aussi le hasard n'est-il pas un homme de génie?

— Il va falloir jouer serré, se dit Henri.

— Eh bien, lui dit Paul de Manerville en entrant, où en sommes-nous? Je viens déjeuner avec toi.

— Soit, dit Henri. Tu ne te choqueras pas si je fais ma toilette devant toi?

— Quelle plaisanterie!

— Nous prenons tant de choses des Anglais en ce moment que nous pourrions devenir hypocrites et prudes comme eux, dit Henri.

Laurent avait apporté devant son maître tant d'ustensiles, tant de meubles différents, et de si jolies choses, que Paul ne put s'empêcher de dire: — Mais, tu vas en avoir pour deux heures?

— Non! dit Henri, deux heures et demie.

— Eh bien, puisque nous sommes entre nous et que nous pouvons tout nous dire, explique-moi pourquoi un homme supérieur autant que tu l'es, car tu es supérieur, affecte d'outrer une fatuité qui ne doit pas être naturelle en lui. Pourquoi passer deux heures et demie à s'étriller, quand il suffit d'entrer un quart d'heure dans un bain, de se peigner en deux temps, et de se vêtir ? Là, dis-moi ton système.

— Il faut que je t'aime bien, mon gros balourd, pour te confier de si hautes pensées, dit le jeune homme qui se faisait en ce moment brosser les pieds avec une brosse douce frottée de savon anglais.

— Mais je t'ai voué le plus sincère attachement, répondit Paul de Manerville, et je t'aime en te trouvant supérieur à moi...

— Tu as dû remarquer, si toutefois tu es capable d'observer un fait moral, que la femme aime le fat, reprit de Marsay sans répondre autrement que par un regard à la déclaration de Paul. Sais-tu pourquoi les femmes aiment les fats ? Mon ami, les fats sont les seuls hommes qui aient soin d'eux-mêmes. Or, avoir trop soin de soi, n'est-ce pas dire qu'on soigne en soi-même le bien d'autrui ? L'homme qui ne s'appartient pas est précisément l'homme dont les femmes sont friandes. L'amour est essentiellement voleur. Je ne te parle pas de cet excès de propreté dont elles raffolent. Trouves-en une qui se soit passionnée pour un *sans-soin*, fût-ce un homme remarquable ? Si le fait a eu lieu, nous devons le mettre sur le compte des envies de femme grosse, ces idées folles qui passent par la tête à tout le monde. Au contraire, j'ai vu des gens fort remarquables plantés net pour cause de leur incurie. Un fat qui s'occupe de sa personne s'occupe d'une niaiserie, de petites choses. Et qu'est-ce que la femme ? Une petite chose, un ensemble de niaiseries. Avec deux mots dits en l'air, ne la fait-on pas travailler pendant quatre heures ? Elle est sûre que le fat s'occupera d'elle, puisqu'il ne pense pas à de grandes choses. Elle ne sera jamais négligée pour la gloire, l'ambition, la politique, l'art, ces grandes filles publiques qui, pour elle, sont des rivales. Puis les fats ont le courage de se couvrir de ridicule pour plaire à la femme, et son cœur est plein de récompenses pour l'homme ridicule par amour. Enfin, un fat ne peut être fat que s'il a raison de l'être. C'est les femmes qui nous donnent ce grade-là. Le fat est le colonel de l'amour, il a des bonnes fortunes, il a son régiment de femmes à commander ! Mon cher ! à Paris, tout se sait, et un homme ne peut pas y être fat *gratis*. Toi qui n'as qu'une femme et qui peut-être as raison de n'en avoir qu'une, essaie de faire le fat ?... tu ne deviendras même pas ridicule, tu seras mort. Tu deviendrais un préjugé à deux pattes, un de ces hommes condamnés inévitablement à faire une seule et même chose. Tu signifierais *sottise* comme monsieur de La Fayette signifie Amérique ; monsieur de Talleyrand, diplomatie ; Désaugiers, chanson ; monsieur de Ségur, romance. S'ils sortent de leur genre, on ne croit plus à la valeur de ce qu'ils font. Voilà comme nous sommes en France, toujours souverainement injustes ! Monsieur de Talleyrand est peut-être un grand financier, monsieur de La Fayette un tyran, et Désaugiers un administrateur. Tu aurais quarante femmes l'année suivante, on ne t'en accorderait pas publiquement une seule. Ainsi donc la fatuité, mon ami Paul, est le signe d'un incontestable pouvoir conquis sur le peuple femelle. Un homme aimé par plusieurs femmes passe pour avoir des qualités supérieures ; et alors c'est à qui l'aura, le malheureux ! Mais crois-tu que ce ne soit rien aussi que d'avoir le droit d'arriver dans un salon, d'y regarder tout le monde du haut de sa cravate, ou à travers un lorgnon, et de pouvoir mépriser l'homme le plus supérieur s'il porte un gilet arriéré ? Laurent, tu me fais mal ! Après déjeuner, Paul, nous irons aux Tuileries voir l'adorable *Fille aux yeux d'or*.

Quand, après avoir fait un excellent repas, les deux jeunes gens eurent arpenté la terrasse des Feuillants et la grande allée des Tuileries, ils ne rencontrèrent nulle part la sublime Paquita Valdès pour le compte de laquelle se trouvaient cinquante des plus élégants jeunes gens de Paris, tous musqués, haut cravatés, bottés, éperonnaillés, cravachant, marchant, parlant, riant, et se donnant à tous les diables.

— Messe blanche, dit Henri ; mais il m'est venu la plus excellente idée du monde. Cette fille reçoit des lettres de Londres, il faut acheter ou griser le facteur, décacheter une lettre, naturellement la lire, y glisser un petit billet doux, et la recacheter. Le vieux tyran, *crudel tiranno*, doit sans doute connaître la personne qui écrit les lettres venant de Londres et ne s'en défie plus.

Le lendemain, de Marsay vint encore se promener au soleil sur la terrasse des Feuillants, et y vit Paquita Valdès : déjà pour lui la passion l'avait embellie. Il s'affola sérieusement de ces yeux dont les rayons semblaient avoir la nature de ceux que lance le soleil et dont l'ardeur résumait celle de ce corps parfait où tout était volupté. De Marsay brûlait de frôler la robe de cette séduisante fille quand ils se rencontraient dans leur promenade ; mais ses tentatives étaient toujours vaines. En un moment où il avait dépassé la duègne et Paquita, pour pouvoir se trouver du côté de la *Fille aux yeux d'or* quand il se retournerait, Paquita, non moins impatiente, s'avança vivement, et de Marsay se sentit presser la main par elle d'une façon tout à la fois si rapide et si passionnément significative, qu'il crut avoir reçu le choc d'une étincelle électrique. En un instant toutes ses émotions de jeunesse lui sourdirent au cœur. Quand les deux amants se regardèrent, Paquita parut honteuse ; elle baissa les yeux pour ne pas revoir les yeux d'Henri, mais son regard se coula par en dessous pour regarder les pieds et la taille de celui que les femmes nommaient avant la révolution *leur vainqueur.*

— J'aurai décidément cette fille pour maîtresse, se dit Henri.

En la suivant au bout de la terrasse, du côté de la place Louis XV, il aperçut le vieux marquis de San-Réal qui se promenait appuyé sur le bras de son valet de chambre, en marchant avec toute la précaution d'un goutteux et d'un cacochyme. Dona Concha, qui se défiait d'Henri, fit passer Paquita entre elle et le vieillard.

— Oh ! toi, se dit de Marsay en jetant un regard de mépris sur la duègne, si l'on ne peut pas te faire capituler, avec un peu d'opium l'on t'endormira. Nous connaissons la Mythologie et la fable d'Argus.

Avant de monter en voiture, la *Fille aux yeux d'or* échangea avec son amant quelques regards dont l'expression n'était pas douteuse et dont Henri fut ravi ; mais la duègne en surprit un, et dit vivement quelques mots à Paquita, qui se jeta dans le coupé d'un air désespéré. Pendant quelques jours Paquita ne vint plus aux Tuileries. Laurent, qui, par ordre de son maître, alla faire le guet autour de l'hôtel, apprit par les voisins que ni les deux femmes ni le vieux marquis n'étaient sortis depuis le jour où la duègne avait surpris un regard entre la jeune fille commise à sa garde et Henri. Le lien si faible qui unissait les deux amants était donc déjà rompu.

Quelques jours après, sans que personne sût par quels moyens, de Marsay était arrivé à son but, il avait un cachet et de la cire absolument semblables au cachet et à la cire qui cachetaient les lettres envoyées de Londres à mademoiselle Valdès, du papier pareil à celui dont se servait le correspondant, puis tous les ustensiles et les fers nécessaires pour y apposer les timbres des postes anglaise et française. Il avait écrit la lettre suivante, à laquelle il donna toutes les façons d'une lettre envoyée de Londres.

« Chère Paquita, je n'essaierai pas de vous peindre, par des paroles, la passion que vous m'avez inspirée. Si, pour mon bonheur, vous la partagez, sachez que j'ai trouvé les moyens de correspondre avec vous. Je me nomme Adolphe de Gouges, et demeure rue de l'Université, n° 54. Si vous êtes trop surveillée pour m'écrire, si vous n'avez ni papier ni plumes, je le saurai par votre silence. Donc, si demain, de huit heures du matin à dix heures du soir, si vous n'avez pas jeté de lettre par-dessus le mur de votre jardin dans celui du baron de Nucingen, où l'on attendra pendant toute la journée, un homme qui m'est entièrement dévoué vous glissera par-dessus le mur, au bout d'une corde, deux flacons, à dix heures du matin, le lendemain. Soyez à vous promener vers ce moment-là, l'un des deux flacons contiendra de l'opium pour endormir votre Argus, il suffira de lui en donner six gouttes. L'autre contiendra de l'encre. Le flacon à l'encre est taillé, l'autre est uni. Tous deux sont assez plats pour que vous puissiez les cacher dans votre corset. Tout ce que j'ai fait déjà pour pouvoir correspondre avec vous doit vous dire combien je vous aime. Si vous en doutiez, je vous avoue que, pour obtenir un rendez-vous d'une heure, je donnerais ma vie.»

«Elles croient cela pourtant, ces pauvres créatures! se dit de Marsay; mais elles ont raison. Que penserions-nous d'une femme qui ne se laisserait pas séduire par une lettre d'amour accompagnée de circonstances si probantes?»

Cette lettre fut remise par le sieur Moinot, facteur, le lendemain, vers huit heures du matin, au concierge de l'hôtel San-Réal.

Pour se rapprocher du champ de bataille, de Marsay était venu déjeuner chez Paul, qui demeurait rue de la Pépinière. À deux heures, au moment où les deux amis se contaient en riant la déconfiture d'un jeune homme qui avait voulu mener le train de la vie élégante sans une fortune assise, et qu'ils lui cherchaient une fin, le cocher d'Henri vint chercher son maître jusque chez Paul, et lui présenta un personnage mystérieux, qui voulait absolument lui parler à lui-même. Ce personnage était un mulâtre dont Talma se serait certes inspiré pour jouer Othello s'il l'avait rencontré. Jamais figure africaine n'exprima mieux la grandeur dans la vengeance, la rapidité du soupçon, la promptitude dans l'exécution d'une pensée, la force du Maure et son irréflexion d'enfant. Ses yeux noirs avaient la fixité des yeux d'un oiseau de proie, et ils étaient enchâssés, comme ceux d'un vautour, par une membrane bleuâtre dénuée de cils. Son front, petit et bas, avait quelque chose de menaçant. Évidemment cet homme était sous le joug d'une seule et même pensée. Son bras nerveux ne lui appartenait pas. Il était suivi d'un homme que toutes les imaginations, depuis celles qui grelottent au Groënland jusqu'à celles qui suent à la Nouvelle-Angleterre, se peindront d'après cette phrase: *c'était un homme malheureux*. À ce mot, tout le monde le devinera, se le représentera d'après les idées particulières à chaque pays. Mais qui se figurera son visage blanc, ridé, rouge aux extrémités, et sa barbe longue? qui verra sa cravate jaunasse en corde, son col de chemise gras, son chapeau tout usé, sa redingote verdâtre, son pantalon piteux, son gilet recroquevillé, son épingle en faux or, ses souliers crottés, dont les rubans avaient barboté dans la boue? qui le comprendra dans toute l'immensité de sa misère présente et passée? Qui? le Parisien seulement. L'homme malheureux de Paris est l'homme malheureux complet, car il trouve encore de la joie pour savoir combien il est malheureux. Le mulâtre semblait être un bourreau de Louis XI tenant un homme à pendre.

— Qu'est-ce qui nous a pêché ces deux drôles-là? dit Henri.

— Pantoufle! il y en a un qui me donne le frisson, répondit Paul.

— Qui es-tu, toi qui as l'air d'être le plus chrétien des deux? dit Henri en regardant l'homme malheureux.

Le mulâtre resta les yeux attachés sur ces deux jeunes gens, en homme qui n'entendait rien, et qui cherchait néanmoins à deviner quelque chose d'après les gestes et le mouvement des lèvres.

— Je suis écrivain public et interprète. Je demeure au Palais de Justice et me nomme Poincet.

— Bon! Et celui-là? dit Henri à Poincet en montrant le mulâtre.

— Je ne sais pas; il ne parle qu'une espèce de patois espagnol, et m'a emmené ici pour pouvoir s'entendre avec vous.

Le mulâtre tira de sa poche la lettre écrite à Paquita par Henri, et la lui remit, Henri la jeta dans le feu.

— Eh bien, voilà qui commence à se dessiner, se dit en lui-même Henri.

— Paul, laisse-nous seuls un moment.

— Je lui ai traduit cette lettre, reprit l'interprète lorsqu'ils furent seuls. Quand elle fut traduite, il a été je ne sais où. Puis il est revenu me chercher pour m'amener ici en me promettant deux louis.

— Qu'as-tu à me dire, Chinois? demanda Henri.

— Je ne lui ai pas dit *Chinois*, dit l'interprète en attendant la réponse du mulâtre.

«Il dit, monsieur, reprit l'interprète après avoir écouté l'inconnu, qu'il faut que vous vous trouviez demain soir, à dix heures et demie, sur le boulevard Montmartre, auprès du café. Vous y verrez une voiture, dans laquelle vous monterez en disant à celui qui sera prêt à ouvrir la portière le mot *cortejo*, un mot espagnol qui veut dire *amant*, ajouta Poincet en jetant un regard de félicitation à Henri.

— Bien !

Le mulâtre voulut donner deux louis; mais de Marsay ne le souffrit pas et récompensa l'interprète; pendant qu'il le payait, le mulâtre proféra quelques paroles.

— Que dit-il ?

— Il me prévient, répondit l'homme malheureux, que, si je fais une seule indiscrétion, il m'étranglera. Il est gentil, et il a très fort l'air d'en être capable.

— J'en suis sûr, répondit Henri. Il le ferait comme il le dit.

— Il ajoute, reprit l'interprète, que la personne dont il est l'envoyé vous supplie, pour vous et pour elle, de mettre la plus grande prudence dans vos actions, parce que les poignards levés sur vos têtes tomberaient dans vos cœurs, sans qu'aucune puissance humaine pût vous en garantir.

— Il a dit cela ! Tant mieux, ce sera plus amusant. — Mais tu peux entrer, Paul ! cria-t-il à son ami.

Le mulâtre, qui n'avait cessé de regarder l'amant de Paquita Valdès avec une attention magnétique, s'en alla suivi de l'interprète.

— Enfin, voici donc une aventure bien romanesque, se dit Henri quand Paul revint. À force de participer à quelques-unes, j'ai fini par rencontrer dans ce Paris une intrigue accompagnée de circonstances graves, de périls majeurs. Ah ! diantre, combien le danger rend la femme hardie ! Gêner une femme, la vouloir contraindre, n'est-ce pas lui donner le droit et le courage de franchir en un moment des barrières qu'elle mettrait des années à sauter ? Gentille créature, va, saute. Mourir ? pauvre enfant ! Des poignards ? imagination de femmes ! Elles sentent toutes le besoin de faire valoir leur petite plaisanterie. D'ailleurs on y pensera, Paquita ! on y pensera, ma fille ! Le diable m'emporte, maintenant que je sais que cette belle fille, ce chef-d'œuvre de la nature est à moi, l'aventure a perdu de son piquant.

Malgré cette parole légère, le jeune homme avait reparu chez Henri. Pour attendre jusqu'au lendemain sans souffrances, il eut recours à d'exorbitants plaisirs : il joua, dîna, soupa avec ses amis ; il but comme un fiacre, mangea comme un Allemand, et gagna dix ou douze mille francs. Il sortit du Rocher de Cancale à deux heures du matin, dormit comme un enfant, se réveilla le lendemain frais et rose, et s'habilla pour aller aux Tuileries, en se proposant de monter à cheval après avoir vu Paquita pour gagner de l'appétit et mieux dîner, afin de pouvoir brûler le temps.

À l'heure dite, Henri fut sur le boulevard, vit la voiture et donna le mot d'ordre à un homme qui lui parut être le mulâtre. En entendant ce mot, l'homme ouvrit la portière et déplia vivement le marchepied. Henri fut si rapidement emporté dans Paris, et ses pensées lui laissèrent si peu de faculté de faire attention aux rues par lesquelles il passait, qu'il ne sut où la voiture s'arrêta. Le mulâtre l'introduisit dans une maison où l'escalier se trouvait près de la porte cochère. Cet escalier était sombre, aussi bien que le palier sur lequel Henri fut obligé d'attendre pendant le temps que le mulâtre mit à ouvrir la porte d'un appartement humide, nauséabond, sans lumière, et dont les pièces, à peine éclairées par la bougie que son guide trouva dans l'antichambre, lui parurent vides et mal meublées, comme le sont celles d'une maison dont les habitants sont en voyage. Il reconnut cette sensation que lui procurait la lecture d'un de ces romans d'Ann Radcliffe où le héros traverse les salles froides, sombres, inhabitées, de quelque lieu triste et désert. Enfin le mulâtre ouvrit la porte d'un salon. L'état des vieux meubles et des draperies passées dont cette pièce était ornée la faisait ressembler au salon d'un mauvais lieu. C'était la même prétention à l'élégance et le même assemblage de choses de mauvais goût, de poussière et de crasse. Sur un canapé couvert en velours d'Utrecht rouge, au coin d'une cheminée qui fumait, et dont le feu était enterré dans les cendres, se tenait une vieille femme assez mal vêtue, coiffée d'un de ces turbans que savent inventer les femmes anglaises quand elles arrivent à un certain âge, et qui auraient infiniment de succès en Chine, où le beau idéal des artistes est la monstruosité. Ce salon, cette vieille femme, ce foyer froid, tout eût glacé l'amour, si Paquita n'avait pas été là sur une causeuse dans un voluptueux peignoir, libre de jeter ses regards d'or et de flamme, libre de montrer son pied recourbé, libre de ses mouvements lumineux. Cette première entrevue fut ce que sont tous les premiers rendez-vous que se donnent des personnes passionnées qui ont rapidement franchi les distances et qui se désirent ardemment, sans néanmoins se connaître. Il est impossible qu'il ne se rencontre pas d'abord quelques discordances dans cette situation, gênante jusqu'au moment où les âmes se sont mises au même ton. Si le désir donne de la hardiesse à l'homme et le dispose à ne rien ménager; sous peine de ne pas être femme, la maîtresse, quelque extrême que soit son amour, est effrayée de se trouver si promptement arrivée au but et face à face avec la nécessité de se donner, qui pour beaucoup de femmes équivaut à une chute dans un abîme, au fond duquel elles ne savent pas ce qu'elles trouveront. La froideur involontaire de cette femme contraste avec sa passion avouée et réagit nécessairement sur l'amant le plus épris. Ces idées, qui souvent flottent comme des vapeurs à l'alentour des âmes, y déterminent donc une sorte de maladie passagère. Dans le doux voyage que deux êtres entreprennent à travers les belles contrées de l'amour, ce moment est comme une lande à traverser, une lande sans bruyères, alternativement humide et chaude, pleine de sables ardents, coupée par des marais, et qui mène aux riants bocages vêtus de roses où se déploient l'amour et son cortège de plaisirs sur des tapis de fine verdure. Souvent l'homme spirituel se trouve doué d'un rire bête qui lui sert de réponse à tout; son esprit est comme engourdi sous la glaciale compression de ses désirs. Il ne serait pas impossible que deux êtres également beaux, spirituels et passionnés, parlassent d'abord des lieux communs les plus niais, jusqu'à ce que le hasard, un mot, le tremblement d'un certain regard, la communication d'une étincelle, leur ait fait rencontrer l'heureuse transition qui les amène dans le sentier fleuri où l'on ne marche pas, mais où l'on roule sans néanmoins descendre. Cet état de l'âme est toujours en raison de la violence des sentiments. Deux êtres qui s'aiment faiblement n'éprouvent rien de pareil. L'effet de cette crise peut encore se comparer à celui que produit l'ardeur d'un ciel pur. La nature semble au premier aspect couverte d'un voile de gaze, l'azur du firmament paraît noir, l'extrême lumière ressemble aux ténèbres. Chez Henri, comme chez l'Espagnole, il se rencontrait une égale violence: et cette loi de la statique en vertu de laquelle deux forces identiques s'annulent en se rencontrant pourrait être vraie aussi dans le règne moral. Puis l'embarras de ce moment fut singulièrement augmenté par la présence de la vieille momie. L'amour s'effraie ou s'égaie de tout, pour lui tout a un sens, tout lui est présage heureux ou funeste. Cette femme décrépite était là comme un dénouement possible, et figurait l'horrible queue de poisson par laquelle les symboliques génies de la Grèce ont terminé les Chimères et les Sirènes, si séduisantes, si décevantes par le corsage, comme le sont toutes les passions au début. Quoique Henri fût, non pas un esprit fort, ce mot est toujours une raillerie, mais un homme d'une puissance extraordinaire, un homme aussi grand qu'on peut l'être sans croyance, l'ensemble de toutes ces circonstances le frappa. D'ailleurs les hommes les plus forts sont naturellement les plus impressionnés, et conséquemment les plus superstitieux, si toutefois l'on peut appeler superstition le préjugé du premier mouvement, qui sans doute est l'aperçu du résultat dans les causes cachées à d'autres yeux, mais perceptibles aux leurs.

L'Espagnole profitait de ce moment de stupeur pour se laisser aller à l'extase de cette adoration infinie qui saisit le cœur d'une femme quand elle aime véritablement et qu'elle se trouve en présence d'une idole vainement espérée. Ses yeux étaient tout joie, tout bonheur, et il s'en échappait des étincelles. Elle était sous le charme, et s'enivrait sans crainte d'une félicité longtemps rêvée. Elle parut alors si merveilleusement belle à Henri que toute cette fantasmagorie de haillons, de vieillesse, de draperies rouges usées, de paillassons verts devant les fauteuils, que le carreau rouge mal frotté, que tout ce luxe infirme et souffrant disparut aussitôt. Le salon s'illumina, il ne vit plus qu'à travers un nuage la terrible harpie, fixe, muette sur son canapé rouge, et dont les yeux jaunes trahissaient les sentiments serviles que le malheur inspire ou que cause un vice sous l'esclavage duquel on est tombé comme sous un tyran qui vous abrutit sous les flagellations de son despotisme. Ses yeux avaient l'éclat froid de ceux d'un tigre en cage qui sait son impuissance et se trouve obligé de dévorer ses envies de destruction.

— Quelle est cette femme ? dit Henri à Paquita.

Mais Paquita ne répondit pas. Elle fit signe qu'elle n'entendait pas le français, et demanda à Henri s'il parlait anglais. De Marsay répéta sa question en anglais.

— C'est la seule femme à laquelle je puisse me fier, quoiqu'elle m'ait déjà vendue, dit Paquita tranquillement. Mon cher Adolphe, c'est ma mère, une esclave achetée en Géorgie pour sa rare beauté, mais dont il reste peu de chose aujourd'hui. Elle ne parle que sa langue maternelle.

L'attitude de cette femme et son envie de deviner, par les mouvements de sa fille et d'Henri, ce qui se passait entre eux furent expliquées soudain au jeune homme, que cette explication mit à l'aise.

— Paquita, lui dit-il, nous ne serons donc pas libres ?

— Jamais ! dit-elle d'un air triste. Nous avons même peu de jours à nous.

Elle baissa les yeux, regarda sa main, et compta de sa main droite sur les doigts de sa main gauche, en montrant ainsi les plus belles mains qu'Henri eût jamais vues.

— Un, deux, trois...

Elle compta jusqu'à douze.

— Oui, dit-elle, nous avons douze jours.

— Et après ?

— Après, dit-elle en restant absorbée comme une femme faible devant la hache du bourreau et tuée d'avance par une crainte qui la dépouillait de cette magnifique énergie que la nature semblait ne lui avoir départie que pour agrandir les voluptés et pour convertir en poèmes sans fin les plaisirs les plus grossiers. — Après, répéta-t-elle. Ses yeux devinrent fixes ; elle parut contempler un objet éloigné, menaçant. — Je ne sais pas, dit-elle.

— Cette fille est folle, se dit Henri, qui tomba lui-même en des réflexions étranges.

Paquita lui parut occupée de quelque chose qui n'était pas lui, comme une femme également contrainte et par le remords et par la passion. Peut-être avait-elle dans le cœur un autre amour qu'elle oubliait et se rappelait tour à tour. En un moment, Henri fut assailli de mille pensées contradictoires. Pour lui cette fille devint un mystère ; mais, en la contemplant avec la savante attention de l'homme blasé, affamé de voluptés nouvelles, comme ce roi d'Orient qui demandait qu'on lui créât un plaisir, soif horrible, dont les grandes âmes sont saisies, Henri reconnaissait dans Paquita la plus riche organisation que la nature se fût complu à composer pour l'amour. Le jeu présumé de cette machine, l'âme mise à part, eût effrayé tout autre homme que de Marsay ; mais il fut fasciné par cette riche moisson de plaisirs promis, par cette constante variété dans le bonheur, le rêve de tout homme, et que toute femme aimante ambitionne aussi. Il fut affolé par l'infini rendu palpable et transporté dans les plus excessives jouissances de la créature. Il vit tout cela dans cette fille plus distinctement qu'il ne l'avait encore vu, car elle se laissait complaisamment voir, heureuse d'être admirée. L'admiration de De Marsay devint une rage secrète, et il la dévoila tout entière en lançant un regard que comprit l'Espagnole, comme si elle était habituée à en recevoir de semblables.

— Si tu ne devais pas être à moi seul, je te tuerais ! s'écria-t-il.

En entendant ce mot, Paquita se voila le visage de ses mains et s'écria naïvement : « Sainte Vierge, où me suis-je fourrée ! »

Elle se leva, s'alla jeter sur le canapé rouge, se plongea la tête dans les haillons qui couvraient le sein de sa mère, et y pleura. La vieille reçut sa fille sans sortir de son immobilité, sans lui rien témoigner. La mère possédait au plus haut degré cette gravité des peuplades sauvages, cette impassibilité de la statuaire sur laquelle échoue l'observation. Aimait-elle, n'aimait-elle pas sa fille ? Nulle réponse. Sous ce masque couvaient tous les sentiments humains, les bons et les mauvais, et l'on pouvait tout attendre de cette créature. Son regard allait lentement des beaux cheveux de sa fille, qui la couvraient comme d'une mantille, à la figure d'Henri, qu'elle observait avec une inexprimable curiosité. Elle semblait se demander par quel sortilège il était là, par quel caprice la nature avait fait un homme si séduisant.

« Ces femmes se moquent de moi ! » se dit Henri.

En ce moment, Paquita leva la tête, jeta sur lui un de ces regards qui vont jusqu'à l'âme et la brûlent. Elle lui parut si belle, qu'il se jura de posséder ce trésor de beauté.

— Ma Paquita, sois à moi !

— Tu veux me tuer ? dit-elle peureuse, palpitante, inquiète, mais ramenée à lui par une force inexplicable.

— Te tuer, moi ! dit-il en souriant.

Paquita jeta un cri d'effroi, dit un mot à la vieille, qui prit d'autorité la main d'Henri, celle de sa fille, les regarda longtemps, les leur rendit en hochant la tête d'une façon horriblement significative.

— Sois à moi ce soir, à l'instant, suis-moi, ne me quitte pas, je le veux, Paquita ! m'aimes-tu ? viens !

En un moment, il lui dit mille paroles insensées avec la rapidité d'un torrent qui bondit entre des rochers, et répète le même son, sous mille formes différentes.

— C'est la même voix ! dit Paquita mélancoliquement, sans que de Marsay pût l'entendre, et... la même ardeur, ajouta-t-elle.

« Eh bien, oui, dit-elle avec un abandon de passion que rien ne saurait exprimer. Oui, mais pas ce soir. Ce soir, Adolphe, j'ai donné trop peu d'opium à la *Concha*, elle pourrait se réveiller, je serais perdue. En ce moment, toute la maison me croit endormie dans ma chambre. Dans deux jours, sois au même endroit, dis le même mot au même homme. Cet homme est mon père nourricier, Christemio m'adore et mourrait pour moi dans les tourments sans qu'on lui arrachât une parole contre moi. Adieu, dit-elle en saisissant Henri par le corps et s'entortillant autour de lui comme un serpent.

Elle le pressa de tous les côtés à la fois, lui apporta sa tête sous la sienne, lui présenta ses lèvres, et prit un baiser qui leur donna de tels vertiges à tous deux, que de Marsay crut que la terre s'ouvrait, et que Paquita cria : « Va-t'en ! » d'une voix qui annonçait assez combien elle était peu maîtresse d'elle-même. Mais elle le garda tout en lui criant toujours : « Va-t'en ! » et le mena lentement jusqu'à l'escalier.

Là, le mulâtre, dont les yeux blancs s'allumèrent à la vue de Paquita, prit le flambeau des mains de son idole, et conduisit Henri jusqu'à la rue. Il laissa le flambeau sous la voûte, ouvrit la portière, remit Henri dans la voiture, et le déposa sur le boulevard des Italiens avec une rapidité merveilleuse. Les chevaux semblaient avoir l'enfer dans le corps.

Cette scène fut comme un songe pour de Marsay, mais un de ces songes qui, tout en s'évanouissant, laissent dans l'âme un sentiment de volupté surnaturelle, après laquelle un homme court pendant le reste de sa vie. Un seul baiser avait suffi. Aucun rendez-vous ne s'était passé d'une manière plus décente, ni plus chaste, ni plus froide peut-être, dans un lieu plus horrible par les détails, devant une plus hideuse divinité ; car cette mère était restée dans l'imagination d'Henri comme quelque chose d'infernal, d'accroupi, de cadavéreux, de vicieux, de sauvagement féroce, que la fantaisie des peintres et des poètes n'avait pas encore deviné. En effet, jamais rendez-vous n'avait plus irrité ses sens, n'avait révélé de voluptés plus hardies, n'avait mieux fait jaillir l'amour de son centre pour se répandre comme une atmosphère autour d'un homme. Ce fut quelque chose de sombre, de mystérieux, de doux, de tendre, de contraint et d'expansif, un accouplement de l'horrible et du céleste, du paradis et de l'enfer, qui rendit de Marsay comme ivre. Il ne fut plus lui-même, et il était assez grand cependant pour pouvoir résister aux enivrements du plaisir.

Pour bien comprendre sa conduite au dénouement de cette histoire, il est nécessaire d'expliquer comment son âme s'était élargie à l'âge où les jeunes gens se rapetissent ordinairement en se mêlant aux femmes ou en s'en occupant trop. Il avait grandi par un concours de circonstances secrètes qui l'investissaient d'un immense pouvoir inconnu. Ce jeune homme avait en main un sceptre plus puissant que ne l'est celui des rois modernes presque tous bridés par les lois dans leurs moindres volontés. De Marsay exerçait le pouvoir autocratique du despote oriental. Mais ce pouvoir, si stupidement mis en œuvre dans l'Asie par des hommes abrutis, était décuplé par l'intelligence européenne, par l'esprit français, le plus vif, le plus acéré de tous les instruments intelligentiels. Henri pouvait ce qu'il voulait dans l'intérêt de ses plaisirs et de ses vanités. Cette invisible action sur le monde social l'avait revêtu d'une majesté réelle, mais secrète, sans emphase et repliée sur lui-même. Il avait de lui, non pas l'opinion que Louis XIV pouvait avoir de soi, mais celle que les plus orgueilleux des Califes, des Pharaons, des Xerxès qui se croyaient de race divine, avaient d'eux-mêmes, quand ils imitaient Dieu en se voilant à leurs sujets, sous prétexte que leurs regards donnaient la mort. Ainsi, sans avoir aucun remords d'être à la fois juge et partie, de Marsay condamnait froidement à mort l'homme ou la femme qui l'avait offensé sérieusement. Quoique souvent prononcé presque légèrement, l'arrêt était irrévocable. Une erreur était un malheur semblable à celui que cause la foudre en tombant sur une Parisienne heureuse dans quelque fiacre, au lieu d'écraser le vieux cocher qui la conduit à un rendez-vous. Aussi la plaisanterie amère et profonde qui distinguait la conversation de ce jeune homme causait-elle assez généralement de l'effroi; personne ne se sentait l'envie de le choquer. Les femmes aiment prodigieusement ces gens qui se nomment pachas eux-mêmes, qui semblent accompagnés de lions, de bourreaux, et marchent dans un appareil de terreur. Il en résulte chez ces hommes une sécurité d'action, une certitude de pouvoir, une fierté de regard, une conscience léonine qui réalise pour les femmes le type de force qu'elles rêvent toutes. Ainsi était de Marsay.

Heureux en ce moment de son avenir, il redevint jeune et flexible, et ne songeait qu'à aimer en allant se coucher. Il rêva de la *Fille aux yeux d'or*, comme rêvent les jeunes gens passionnés. Ce fut des images monstrueuses, des bizarreries insaisissables, pleines de lumière, et qui révèlent les mondes invisibles, mais d'une manière toujours incomplète, car un voile interposé change les conditions de l'optique. Le lendemain et le surlendemain, il disparut sans que l'on pût savoir où il était allé. Sa puissance ne lui appartenait qu'à de certaines conditions, et heureusement pour lui, pendant ces deux jours, il fut simple soldat au service du démon dont il tenait sa talismanique existence. Mais à l'heure dite, le soir, sur le boulevard, il attendit la voiture, qui ne se fit pas attendre. Le mulâtre s'approcha d'Henri pour lui dire en français une phrase qu'il paraissait avoir apprise par cœur :

— Si vous voulez venir, m'a-t-elle dit, il faut consentir à vous laisser bander les yeux.

Et Christemio montra un foulard de soie blanche.

— Non ! dit Henri dont la toute-puissance se révolta soudain.

Et il voulut monter. Le mulâtre fit un signe ; la voiture partit.

— Oui ! cria de Marsay furieux de perdre un bonheur qu'il s'était promis. D'ailleurs, il voyait l'impossibilité de capituler avec un esclave dont l'obéissance était aveugle autant que celle d'un bourreau. Puis, était-ce sur cet instrument passif que devait tomber sa colère ?

Le mulâtre siffla, la voiture revint. Henri monta précipitamment. Déjà, quelques curieux s'amassaient niaisement sur le boulevard. Henri était fort, il voulut se jouer du mulâtre. Lorsque la voiture partit au grand trot, il lui saisit les mains pour s'emparer de lui et pouvoir garder, en domptant son surveillant, l'exercice de ses facultés afin de savoir où il allait. Tentative inutile. Les yeux du mulâtre étincelèrent dans l'ombre. Cet homme poussa des cris que la fureur faisait expirer dans sa gorge, se dégagea, rejeta de Marsay par une main de fer, et le cloua, pour ainsi dire, au fond de la voiture ; puis, de sa main libre, il tira un poignard triangulaire, en sifflant. Le cocher entendit le sifflement, et s'arrêta. Henri était sans armes, il fut forcé de plier ; il tendit la tête vers le foulard. Ce geste de soumission apaisa Christemio, qui lui banda les yeux avec un respect et un soin qui témoignaient une sorte de vénération pour la personne de l'homme aimé par son idole. Mais, avant de prendre cette précaution, il avait serré son poignard avec défiance dans sa poche de côté, et se boutonna jusqu'au menton.

— Il m'aurait tué, ce Chinois-là ! se dit de Marsay.

La voiture roula de nouveau rapidement. Il restait une ressource à un jeune homme qui connaissait aussi bien Paris que le connaissait Henri. Pour savoir où il allait, il lui suffisait de se recueillir, de compter, par le nombre des ruisseaux franchis, les rues devant lesquelles on passerait sur les boulevards tant que la voiture continuerait d'aller droit. Il pouvait ainsi reconnaître par quelle rue latérale la voiture se dirigerait, soit vers la Seine, soit vers les hauteurs de Montmartre, et deviner le nom ou la position de la rue où son guide le ferait arrêter. Mais l'émotion violente que lui avait causée sa lutte, la fureur où le mettait sa dignité compromise, les idées de vengeance auxquelles il se livrait, les suppositions que lui suggérait le soin minutieux que prenait cette fille mystérieuse pour le faire arriver à elle, tout l'empêcha d'avoir cette attention d'aveugle, nécessaire à la concentration de son intelligence, et à la parfaite perspicacité du souvenir. Le trajet dura une demi-heure. Quand la voiture s'arrêta, elle n'était plus sur le pavé. Le mulâtre et le cocher prirent Henri à bras-le-corps, l'enlevèrent, le mirent sur une espèce de civière, et le transportèrent à travers un jardin dont il sentit les fleurs et l'odeur particulière aux arbres et à la verdure. Le silence qui y régnait était si profond qu'il put distinguer le bruit que faisaient quelques gouttes d'eau en tombant des feuilles humides. Les deux hommes le montèrent dans un escalier, le firent lever, le conduisirent à travers plusieurs pièces, en le guidant par les mains, et le laissèrent dans une chambre dont l'atmosphère était parfumée, et dont il sentit sous ses pieds le tapis épais. Une main de femme le poussa sur un divan et lui dénoua le foulard. Henri vit Paquita devant lui, mais Paquita dans sa gloire de femme voluptueuse.

La moitié du boudoir où se trouvait Henri décrivait une ligne circulaire mollement gracieuse, qui s'opposait à l'autre partie parfaitement carrée, au milieu de laquelle brillait une cheminée en marbre blanc et or. Il était entré par une porte latérale que cachait une riche portière en tapisserie, et qui faisait face à une fenêtre. Le fer-à-cheval était orné d'un véritable divan turc, c'est-à-dire un matelas posé par terre, mais un matelas large comme un lit, un divan de cinquante pieds de tour, en cachemire blanc, relevé par des bouffettes en soie noire et ponceau, disposées en losanges. Le dossier de cet immense lit s'élevait de plusieurs pouces au-dessus des nombreux coussins qui l'enrichissaient encore par le goût de leurs agréments. Ce boudoir était tendu d'une étoffe rouge, sur laquelle était posée une mousseline des Indes cannelée comme l'est une colonne corinthienne, par des tuyaux alternativement creux et ronds, arrêtés en haut et en bas dans une bande d'étoffe couleur ponceau sur laquelle étaient dessinées des arabesques noires. Sous la mousseline, le ponceau devenait rose, couleur amoureuse que répétaient les rideaux de la fenêtre qui étaient en mousseline des Indes doublée de taffetas rose, et ornés de franges ponceau mélangé de noir. Six bras en vermeil, supportant chacun deux bougies, étaient attachés sur la tenture à d'égales distances pour éclairer le divan. Le plafond, au milieu duquel pendait un lustre en vermeil mat, étincelait de blancheur, et la corniche était dorée. Le tapis ressemblait à un châle d'Orient, il en offrait les dessins et rappelait les poésies de la Perse, où des mains d'esclaves l'avaient travaillé. Les meubles étaient couverts en cachemire blanc, rehaussé par des agréments noirs et ponceau. La pendule, les candélabres, tout était en marbre blanc et or. La seule table qu'il y eût avait un cachemire pour tapis. D'élégantes jardinières contenaient des roses de toutes les espèces, des fleurs ou blanches ou rouges. Enfin le moindre détail semblait avoir été l'objet d'un soin pris avec amour. Jamais la richesse ne s'était plus coquettement cachée pour devenir de l'élégance, pour exprimer la grâce, pour inspirer la volupté. Là tout aurait réchauffé l'être le plus froid. Les chatoiements de la tenture, dont la couleur changeait suivant la direction du regard, en devenant ou toute blanche, ou toute rose, s'accordaient avec les effets de la lumière qui s'infusait dans les diaphanes tuyaux de la mousseline, en produisant de nuageuses apparences. L'âme a je ne sais quel attachement pour le blanc, l'amour se plaît dans le rouge, et l'or flatte les passions, il a la puissance de réaliser leurs fantaisies. Ainsi tout ce que l'homme a de vague et de mystérieux en lui-même, toutes ses affinités inexpliquées se trouvaient caressées dans leurs sympathies involontaires. Il y avait dans cette harmonie parfaite un concert de couleurs auquel l'âme répondait par des idées voluptueuses, indécises, flottantes.

Ce fut au milieu d'une vaporeuse atmosphère chargée de parfums exquis que Paquita, vêtue d'un peignoir blanc, les pieds nus, des fleurs d'oranger dans ses cheveux noirs, apparut à Henri agenouillée devant lui, l'adorant comme le dieu de ce temple où il avait daigné venir. Quoique de Marsay eût l'habitude de voir les recherches du luxe parisien, il fut surpris à l'aspect de cette coquille, semblable à celle où naquit Vénus. Soit effet du contraste entre les ténèbres d'où il sortait et la lumière qui baignait son âme, soit par une comparaison rapidement faite entre cette scène et celle de la première entrevue, il éprouva une de ces sensations délicates que donne la vraie poésie. En apercevant, au milieu de ce réduit éclos par la baguette d'une fée, le chef-d'œuvre de la création, cette fille dont le teint chaudement coloré, dont la peau douce, mais légèrement dorée par les reflets du rouge et par l'effusion de je ne sais quelle vapeur d'amour étincelait comme si elle eût réfléchi les rayons des lumières et des couleurs, sa colère, ses désirs de vengeance, sa vanité blessée, tout tomba. Comme un aigle qui fond sur sa proie, il la prit à plein corps, l'assit sur ses genoux, et sentit avec une indicible ivresse la voluptueuse pression de cette fille dont les beautés si grassement développées l'enveloppèrent doucement.

— Viens, Paquita ! dit-il à voix basse.

— Parle ! parle sans crainte, lui dit-elle. Cette retraite a été construite pour l'amour. Aucun son ne s'en échappe, tant on y veut ambitieusement garder les accents et les musiques de la voix aimée. Quelque forts que soient des cris, ils ne sauraient être entendus au-delà de cette enceinte. On y peut assassiner quelqu'un, ses plaintes y seraient vaines comme s'il était au milieu du Grand-Désert.

— Qui donc a si bien compris la jalousie et ses besoins ?

— Ne me questionne jamais là-dessus, répondit-elle en défaisant avec une incroyable gentillesse de geste la cravate du jeune homme, sans doute pour en bien voir le col.

« Oui, voilà ce cou que j'aime tant ! dit-elle. Veux-tu me plaire ?

Cette interrogation, que l'accent rendait presque lascive, tira de Marsay de la rêverie où l'avait plongé la despotique réponse par laquelle Paquita lui avait interdit toute recherche sur l'être inconnu qui planait comme une ombre au-dessus d'eux.

— Et si je voulais savoir qui règne ici ?

Paquita le regarda en tremblant.

— Ce n'est donc pas moi, dit-il en se levant et se débarrassant de cette fille qui tomba la tête en arrière. Je veux être seul, là où je suis !

— Frappant ! frappant ! dit la pauvre esclave en proie à la terreur.

— Pour qui me prends-tu donc ? Répondras-tu ?

Paquita se leva doucement, les yeux en pleurs, alla prendre dans un des deux meubles d'ébène un poignard et l'offrit à Henri par un geste de soumission qui aurait attendri un tigre.

— Donne-moi une fête comme en donnent les hommes quand ils aiment, dit-elle, et pendant que je dormirai, tue-moi, car je ne saurais te répondre. Écoute : je suis attachée comme un pauvre animal à son piquet ; je suis étonnée d'avoir pu jeter un pont sur l'abîme qui nous sépare. Enivre-moi, puis tue-moi. Oh ! non, non, dit-elle en joignant les mains, ne me tue pas ! j'aime la vie ! La vie est si belle pour moi ! Si je suis esclave, je suis reine aussi. Je pourrais t'abuser par des paroles, te dire que je n'aime que toi, te le prouver, profiter de mon empire momentané pour te dire : — Prends-moi comme on goûte en passant le parfum d'une fleur dans le jardin d'un roi. Puis, après avoir déployé l'éloquence rusée de la femme et les ailes du plaisir, après avoir désaltéré ma soif, je pourrais te faire jeter dans un puits où personne ne te trouverait, et qui a été construit pour satisfaire la vengeance sans avoir à redouter celle de la justice, un puits plein de chaux qui s'allumerait pour te consumer sans qu'on retrouvât une parcelle de ton être. Tu resterais dans mon cœur, à moi pour toujours.

Henri regarda cette fille sans trembler, et ce regard sans peur la combla de joie.

— Non, je ne le ferai pas ! tu n'es pas tombé ici dans un piège, mais dans un cœur de femme qui t'adore, et c'est moi qui serai jetée dans le puits.

— Tout cela me paraît prodigieusement drôle, lui dit de Marsay en l'examinant. Mais tu me parais une bonne fille, une nature bizarre ; tu es, foi d'honnête homme, une charade vivante dont le mot me semble bien difficile à trouver.

Paquita ne comprit rien à ce que disait le jeune homme ; elle le regarda doucement en ouvrant des yeux qui ne pouvaient jamais être bêtes, tant il s'y peignait de volupté.

— Tiens, mon amour, dit-elle en revenant à sa première idée, veux-tu me plaire ?

— Je ferai tout ce que tu voudras, et même ce que tu ne voudras pas, répondit en riant de Marsay qui retrouva son aisance de fat en prenant la résolution de se laisser aller au cours de sa bonne fortune sans regarder ni en arrière ni en avant. Puis peut-être comptait-il sur sa puissance et sur son savoir-faire d'homme à bonnes fortunes pour dominer quelques heures plus tard cette fille, et en apprendre tous les secrets.

— Eh bien, lui dit-elle, laisse-moi t'arranger à mon goût.

— Mets-moi donc à ton goût, dit Henri.

Paquita joyeuse alla prendre dans un des deux meubles une robe de velours rouge, dont elle habilla de Marsay, puis elle le coiffa d'un bonnet de femme et l'entortilla d'un châle. En se livrant à ses folies, faites avec une innocence d'enfant, elle riait d'un rire convulsif, et ressemblait à un oiseau battant des ailes ; mais elle ne voyait rien au-delà.

S'il est impossible de peindre les délices inouïes que rencontrèrent ces deux belles créatures faites par le ciel dans un moment où il était en joie, il est peut-être nécessaire de traduire métaphysiquement les impressions extraordinaires et presque fantastiques du jeune homme. Ce que les gens qui se trouvent dans la situation sociale où était de Marsay et qui vivent comme il vivait savent le mieux reconnaître, est l'innocence d'une fille. Mais, chose étrange ! si la *Fille aux yeux d'or* était vierge, elle n'était certes pas innocente. L'union si bizarre du mystérieux et du réel, de l'ombre et de la lumière, de l'horrible et du beau, du plaisir et du danger, du paradis et de l'enfer, qui s'était déjà rencontrée dans cette aventure, se continuait dans l'être capricieux et sublime dont se jouait de Marsay. Tout ce que la volupté la plus raffinée a de plus savant, tout ce que pouvait connaître Henri de cette poésie des sens que l'on nomme l'amour, fut dépassé par les trésors que déroula cette fille dont les yeux jaillissants ne mentirent à aucune des promesses qu'ils faisaient. Ce fut un poème oriental, où rayonnait le soleil que Saadi, Hafiz ont mis dans leurs bondissantes strophes. Seulement, ni le rythme de Saadi, ni celui de Pindare n'auraient exprimé l'extase pleine de confusion et la stupeur dont cette délicieuse fille fut saisie quand cessa l'erreur dans laquelle une main de fer la faisait vivre.

— Morte ! dit-elle, je suis morte ! Adolphe, emmène-moi donc au bout de la terre, dans une île où personne ne nous sache. Que notre fuite ne laisse pas de traces ! Nous serions suivis dans l'enfer. Dieu ! voici le jour. Sauve-toi. Te reverrai-je jamais ? Oui, demain, je veux te revoir, dussé-je, pour avoir ce bonheur, donner la mort à tous mes surveillants. À demain.

Elle le serra dans ses bras par une étreinte où il y avait la terreur de la mort. Puis elle poussa un ressort qui devait répondre à une sonnette, et supplia de Marsay de se laisser bander les yeux.

— Et si je ne voulais plus, et si je voulais rester ici ?

— Tu causerais plus promptement ma mort, dit-elle ; car maintenant je suis sûre de mourir pour toi.

Henri se laissa faire. Il se rencontre en l'homme qui vient de se gorger de plaisir une pente à l'oubli, je ne sais quelle ingratitude, un désir de liberté, une fantaisie d'aller se promener, une teinte de mépris et peut-être de dégoût pour son idole, il se rencontre enfin d'inexplicables sentiments qui le rendent infâme et ignoble. La certitude de cette affection confuse, mais réelle chez les âmes qui ne sont ni éclairées par cette lumière céleste, ni parfumées de ce baume saint d'où nous vient la pertinacité du sentiment, a dicté sans doute à Rousseau les aventures de milord Édouard, par lesquelles sont terminées les lettres de *La Nouvelle Héloïse*. Si Rousseau s'est évidemment inspiré de l'œuvre de Richardson, il s'en est éloigné par mille détails qui laissent son monument magnifiquement original ; il l'a recommandé à la postérité par de grandes idées qu'il est difficile de dégager par l'analyse, quand, dans la jeunesse, on lit cet ouvrage avec le dessein d'y trouver la chaude peinture du plus physique de nos sentiments, tandis que les écrivains sérieux et philosophes n'en emploient jamais les images que comme la conséquence ou la nécessité d'une vaste pensée ; et les aventures de milord Édouard sont une des idées les plus européennement délicates de cette œuvre.

Henri se trouvait donc sous l'empire de ce sentiment confus que ne connaît pas le véritable amour. Il fallait en quelque sorte le persuasif arrêt des comparaisons et l'attrait irrésistible des souvenirs pour le ramener à une femme. L'amour vrai règne surtout par la mémoire. La femme qui ne s'est gravée dans l'âme ni par l'excès du plaisir, ni par la force du sentiment, celle-là peut-elle jamais être aimée ? À l'insu d'Henri, Paquita s'était établie chez lui par ces deux moyens. Mais en ce moment, tout entier à la fatigue du bonheur, cette délicieuse mélancolie du corps, il ne pouvait guère s'analyser le cœur en reprenant sur ses lèvres le goût des plus vives voluptés qu'il eût encore égrappées. Il se trouva sur le boulevard Montmartre au petit jour, regarda stupidement l'équipage qui s'enfuyait, tira deux cigares de sa poche, en alluma un à la lanterne d'une bonne femme qui vendait de l'eau-de-vie et du café aux ouvriers, aux gamins, aux maraîchers, à toute cette population parisienne qui commence sa vie avant le jour ; puis il s'en alla, fumant son cigare, et mettant ses mains dans les poches de son pantalon avec une insouciance vraiment déshonorante.

« La bonne chose qu'un cigare ! Voilà ce dont un homme ne se lassera jamais », se dit-il.

Cette *Fille aux yeux d'or* dont raffolait à cette époque toute la jeunesse élégante de Paris, il y songeait à peine ! L'idée de la mort exprimée à travers les plaisirs, et dont la peur avait à plusieurs reprises rembruni le front de cette belle créature qui tenait aux houris de l'Asie par sa mère, à l'Europe par son éducation, aux tropiques par sa naissance, lui semblait être une de ces tromperies par lesquelles toutes les femmes essaient de se rendre intéressantes.

— Elle est de La Havane, du pays le plus espagnol qu'il y ait dans le Nouveau Monde ; elle a donc mieux aimé jouer la terreur que de me jeter au nez de la souffrance, de la difficulté, de la coquetterie ou le devoir, comme font les Parisiennes. Par ses yeux d'or, j'ai bien envie de dormir.

Il vit un cabriolet de place, qui stationnait au coin de Frascati, en attendant quelques joueurs, il le réveilla, se fit conduire chez lui, se coucha, et s'endormit du sommeil des mauvais sujets, lequel, par une bizarrerie dont aucun chansonnier n'a encore tiré parti, se trouve être aussi profond que celui de l'innocence. Peut-être est-ce un effet de cet axiome proverbial, *les extrêmes se touchent*.

III

La force du sang

Vers midi, de Marsay se détira les bras en se réveillant, et sentit les atteintes d'une de ces faims canines que tous les vieux soldats peuvent se souvenir d'avoir éprouvée au lendemain de la victoire. Aussi vit-il devant lui Paul de Manerville avec plaisir, car rien n'est alors plus agréable que de manger en compagnie.

— Eh bien, lui dit son ami, nous imaginions tous que tu t'étais enfermé depuis dix jours avec la *Fille aux yeux d'or.*

— La *Fille aux yeux d'or* ! je n'y pense plus. Ma foi ! j'ai bien d'autres chats à fouetter.

— Ah ! tu fais le discret.

— Pourquoi pas ? dit en riant de Marsay. Mon cher, la discrétion est le plus habile des calculs. Écoute... Mais non, je ne te dirai pas un mot. Tu ne m'apprends jamais rien, je ne suis pas disposé à donner en pure perte les trésors de ma politique. La vie est un fleuve qui sert à faire du commerce. Par tout ce qu'il y a de plus sacré sur la terre, par les cigares, je ne suis pas un professeur d'économie sociale mise à la portée des niais. Déjeunons. Il est moins coûteux de te donner une omelette au thon que de te prodiguer ma cervelle.

— Tu comptes avec tes amis ?

— Mon cher, dit Henri qui se refusait rarement une ironie, comme il pourrait t'arriver cependant tout comme à un autre d'avoir besoin de discrétion, et que je t'aime beaucoup... Oui, je t'aime ! Ma parole d'honneur, s'il ne te fallait qu'un billet de mille francs pour t'empêcher de te brûler la cervelle, tu le trouverais ici, car nous n'avons encore rien hypothéqué là-bas, hein, Paul ? Si tu te battais demain, je mesurerais la distance et chargerais les pistolets, afin que tu sois tué dans les règles. Enfin, si une personne autre que moi s'avisait de dire du mal de toi en ton absence, il faudrait se mesurer avec un rude gentilhomme qui se trouve dans ma peau, voilà ce que j'appelle une amitié à toute épreuve. Eh bien, quand tu auras besoin de discrétion, mon petit, apprends qu'il existe deux espèces de discrétions : discrétion active et discrétion négative. La discrétion négative est celle des sots qui emploient le silence, la négation, l'air renfrogné, la discrétion des portes fermées, véritable impuissance ! La discrétion active procède par affirmation. Si ce soir, au Cercle, je disais : « Foi d'honnête homme, la *Fille aux yeux d'or* ne valait pas ce qu'elle m'a coûté ! » tout le monde, quand je serais parti, s'écrierait : « Avez-vous entendu ce fat de De Marsay qui voudrait nous faire croire qu'il a déjà eu la *Fille aux yeux d'or* ? il voudrait ainsi se débarrasser de ses rivaux, il n'est pas maladroit ». Mais cette ruse est vulgaire et dangereuse. Quelque grosse que soit la sottise qui nous échappe, il se rencontre toujours des niais qui peuvent y croire. La meilleure des discrétions est celle dont usent les femmes adroites quand elles veulent donner le change à leurs maris. Elle consiste à compromettre une femme à laquelle nous ne tenons pas, ou que nous n'aimons pas, ou que nous n'avons pas, pour conserver l'honneur de celle que nous aimons assez pour la respecter. C'est ce que j'appelle *la femme-écran*. — Ah ! voici Laurent. Que nous apportes-tu ?

— Des huîtres d'Ostende, monsieur le comte...

— Tu sauras quelque jour, Paul, combien il est amusant de se jouer du monde en lui dérobant le secret de nos affections. J'éprouve un immense plaisir d'échapper à la stupide juridiction de la masse qui ne sait jamais ni ce qu'elle veut ni ce qu'on lui fait vouloir, qui prend le moyen pour le résultat, qui tour à tour adore et maudit, élève et détruit ! Quel bonheur de lui imposer des émotions et de n'en pas recevoir, de la dompter, de ne jamais lui obéir ! Si l'on peut être fier de quelque chose, n'est-ce pas d'un pouvoir acquis par soi-même, dont nous sommes à la fois la cause, l'effet, le principe et le résultat ? Eh bien, aucun homme ne sait qui j'aime, ni ce que je veux. Peut-être saura-t-on qui j'ai aimé, ce que j'aurai voulu, comme on sait les drames accomplis ; mais laisser voir dans mon jeu ?... faiblesse, duperie. Je ne connais rien de plus méprisable que la force jouée par l'adresse. Je m'initie tout en riant au métier d'ambassadeur, si toutefois la diplomatie est aussi difficile que l'est la vie ! J'en doute. As-tu de l'ambition ? veux-tu devenir quelque chose ?

— Mais, Henri, tu te moques de moi, comme si je n'étais pas assez médiocre pour arriver à tout.

— Bien ! Paul. Si tu continues à te moquer de toi-même, tu pourras bientôt te moquer de tout le monde.

En déjeunant, de Marsay commença, quand il en fut à fumer ses cigares, à voir les événements de sa nuit sous un singulier jour. Comme beaucoup de grands esprits, sa perspicacité n'était pas spontanée, il n'entrait pas tout à coup au fond des choses. Comme chez toutes les natures douées de faculté de vivre beaucoup dans le présent, d'en exprimer pour ainsi dire le jus et de le dévorer, sa seconde vue avait besoin d'une espèce de sommeil pour s'identifier aux causes. Le cardinal de Richelieu était ainsi, ce qui n'excluait pas en lui le don de prévoyance nécessaire à la conception des grandes choses. De Marsay se trouvait dans toutes ces conditions, mais il n'usa d'abord de ses armes qu'au profit de ses plaisirs, et ne devint l'un des hommes politiques les plus profonds du temps actuel que quand il se fut saturé des plaisirs auxquels pense tout d'abord un jeune homme lorsqu'il a de l'or et le pouvoir. L'homme se bronze ainsi : il use la femme, pour que la femme ne puisse pas l'user. En ce moment donc, de Marsay s'aperçut qu'il avait été joué par la *Fille aux yeux d'or*, en voyant dans son ensemble cette nuit dont les plaisirs n'avaient que graduellement ruisselé pour finir par s'épancher à torrents. Il put alors lire dans cette page si brillante d'effet, en deviner le sens caché. L'innocence purement physique de Paquita, l'étonnement de sa joie, quelques mots d'abord obscurs et maintenant clairs, échappés au milieu de la joie, tout lui prouva qu'il avait posé pour une autre personne. Comme aucune des corruptions sociales ne lui était inconnue, qu'il professait au sujet de tous les caprices une parfaite indifférence, et les croyait justifiés par cela même qu'ils se pouvaient satisfaire, il ne s'effaroucha pas du vice, il le connaissait comme on connaît un ami, mais il fut blessé de lui avoir servi de pâture. Si ses présomptions étaient justes, il avait été outragé dans le vif de son être. Ce seul soupçon le mit en fureur, il laissa éclater le rugissement du tigre dont une gazelle se serait moquée, le cri d'un tigre qui joignait à la force de la bête l'intelligence du démon.

— Eh bien, qu'as-tu donc ? lui dit Paul.

— Rien !

— Je ne voudrais pas, si l'on te demandait si tu as quelque chose contre moi, que tu répondisses un *rien* semblable, il faudrait sans doute nous battre le lendemain.

— Je ne me bats plus, dit de Marsay.

— Ceci me semble encore plus tragique. Tu assassines donc ?

— Tu travestis les mots. J'exécute.

— Mon cher ami, dit Paul, tes plaisanteries sont bien poussées au noir, ce matin.

— Que veux-tu ? la volupté mène à la férocité. Pourquoi ? je n'en sais rien, et je ne suis pas assez curieux pour en chercher la cause. — Ces cigares sont excellents. Donne du thé à ton ami. — Sais-tu, Paul, que je mène une vie de brute ? Il serait bien temps de se choisir une destinée, d'employer ses forces à quelque chose qui valût la peine de vivre. La vie est une singulière comédie. Je suis effrayé, je ris de l'inconséquence de notre ordre social. Le gouvernement fait trancher la tête à de pauvres diables qui ont tué un homme, et il patente des créatures qui expédient, médicalement parlant, une douzaine de jeunes gens par hiver. La morale est sans force contre une douzaine de vices qui détruisent la société, et que rien ne peut punir. — Encore une tasse ? — Ma parole d'honneur ! l'homme est un bouffon qui danse sur un précipice. On nous parle de l'immoralité des *Liaisons dangereuses*, et de je ne sais quel autre livre qui a un nom de femme de chambre ; mais il existe un livre horrible, sale, épouvantable, corrupteur, toujours ouvert, qu'on ne fermera jamais, le grand livre du monde, sans compter un autre livre mille fois plus dangereux, qui se compose de tout ce qui se dit à l'oreille, entre hommes, ou sous l'éventail entre femmes, le soir, au bal.

— Henri, certes il se passe en toi quelque chose d'extraordinaire, et cela se voit malgré ta discrétion active.

— Oui ! tiens, il faut que je dévore le temps jusqu'à ce soir. Allons au jeu. Peut-être aurai-je le bonheur de perdre.

De Marsay se leva, prit une poignée de billets de banque, les roula dans sa boîte à cigares, s'habilla et profita de la voiture de Paul pour aller au Salon des Étrangers où, jusqu'au dîner, il consuma le temps dans ces émouvantes alternatives de perte et de gain qui sont la dernière ressource des organisations fortes, quand elles sont contraintes de s'exercer dans le vide. Le soir, il vint au rendez-vous, et se laissa complaisamment bander les yeux. Puis, avec cette ferme volonté que les hommes vraiment forts ont seuls la faculté de concentrer, il porta son attention et appliqua son intelligence à deviner par quelles rues passait la voiture. Il eut une sorte de certitude d'être mené rue Saint-Lazare, et d'être arrêté à la petite porte du jardin de l'hôtel San-Réal. Quand il passa, comme la première fois, cette porte et qu'il fut mis sur un brancard porté sans doute par le mulâtre et par le cocher, il comprit, en entendant crier le sable sous leurs pieds, pourquoi l'on prenait de si minutieuses précautions. Il aurait pu, s'il avait été libre, ou s'il avait marché, cueillir une branche d'arbuste, regarder la nature du sable qui se serait attaché à ses bottes ; tandis que, transporté pour ainsi dire aériennement dans un hôtel inaccessible, sa bonne fortune devait être ce qu'elle avait été jusqu'alors, un rêve. Mais, pour le désespoir de l'homme, il ne peut rien faire que d'imparfait, soit en bien soit en mal. Toutes ses œuvres intellectuelles ou physiques sont signées par une marque de destruction. Il avait plu légèrement, la terre était humide. Pendant la nuit certaines odeurs végétales sont beaucoup plus fortes que pendant le jour, Henri sentait donc les parfums du réséda le long de l'allée par laquelle il était convoyé. Cette indication devait l'éclairer dans les recherches qu'il se promettait de faire pour reconnaître l'hôtel où se trouvait le boudoir de Paquita. Il étudia de même les détours que ses porteurs firent dans la maison, et crut pouvoir se les rappeler. Il se vit comme la veille sur l'ottomane, devant Paquita qui lui défaisait son bandeau ; mais il la vit pâle et changée. Elle avait pleuré. Agenouillée comme un ange en prière, mais comme un ange triste et profondément mélancolique, la pauvre fille ne ressemblait plus à la curieuse, à l'impatiente, à la bondissante créature qui avait pris de Marsay sur ses ailes pour le transporter dans le septième ciel de l'amour. Il y avait quelque chose de si vrai dans ce désespoir voilé par le plaisir, que le terrible de Marsay sentit en lui-même une admiration pour ce nouveau chef-d'œuvre de la nature, et oublia momentanément l'intérêt principal de ce rendez-vous.

— Qu'as-tu donc, ma Paquita ?

— Mon ami, dit-elle, emmène-moi, cette nuit même ! Jette-moi quelque part où l'on ne puisse pas dire en me voyant : Voici Paquita ; où personne ne réponde : Il y a ici une fille au regard doré, qui a de longs cheveux. Là je te donnerai des plaisirs tant tu voudras en recevoir de moi. Puis, quand tu ne m'aimeras plus, tu me laisseras, je ne me plaindrai pas, je ne dirai rien ; et mon abandon ne devra te causer aucun remords, car un jour passé près de toi, un seul jour pendant lequel je t'aurai regardé, m'aura valu toute une vie. Mais si je reste ici, je suis perdue.

— Je ne puis pas quitter Paris, ma petite, répondit Henri. Je ne m'appartiens pas, je suis lié par un serment au sort de plusieurs personnes qui sont à moi comme je suis à elles. Mais je puis te faire dans Paris un asile où nul pouvoir humain n'arrivera.

— Non, dit-elle, tu oublies le pouvoir féminin.

Jamais phrase prononcée par une voix humaine n'exprima plus complètement la terreur.

— Qui pourrait donc arriver à toi, si je me mets entre toi et le monde ?

— Le poison ! dit-elle. Déjà dona Concha te soupçonne. Et, reprit-elle en laissant couler des larmes qui brillèrent le long de ses joues, il est bien facile de voir que je ne suis plus la même. Eh bien, si tu m'abandonnes à la fureur du monstre qui me dévorera, que ta sainte volonté soit faite ! Mais viens, fais qu'il y ait toutes les voluptés de la vie dans notre amour. D'ailleurs, je supplierai, je pleurerai, je crierai, je me défendrai, je me sauverai peut-être.

— Qui donc imploreras-tu ? dit-il.

— Silence ! reprit Paquita. Si j'obtiens ma grâce, ce sera peut-être à cause de ma discrétion.

— Donne-moi ma robe, dit insidieusement Henri.

— Non, non, répondit-elle vivement, reste ce que tu es, un de ces anges qu'on m'avait appris à haïr, et dans lesquels je ne voyais que des monstres, tandis que vous êtes ce qu'il y a de plus beau sous le ciel, dit-elle en caressant les cheveux d'Henri. Tu ignores à quel point je suis idiote ? je n'ai rien appris. Depuis l'âge de douze ans, je suis enfermée sans avoir vu personne. Je ne sais ni lire ni écrire, je ne parle que l'anglais et l'espagnol.

— Comment se fait-il donc que tu reçoives des lettres de Londres ?

— Mes lettres ! tiens, les voici ! dit-elle en allant prendre quelques papiers dans un long vase du Japon.

Elle tendit à de Marsay des lettres où le jeune homme vit avec surprise des figures bizarres semblables à celles des rébus, tracées avec du sang, et qui exprimaient des phrases pleines de passion.

— Mais, s'écria-t-il en admirant ces hiéroglyphes créés par une habile jalousie, tu es sous la puissance d'un infernal génie ?

— Infernal, répéta-t-elle.

— Mais comment donc as-tu pu sortir...

— Ah ! dit-elle, de là vient ma perte. J'ai mis dona Concha entre la peur d'une mort immédiate et une colère à venir. J'avais une curiosité de démon, je voulais rompre ce cercle d'airain que l'on avait décrit entre la création et moi, je voulais voir ce que c'était que des jeunes gens, car je ne connais d'hommes que le marquis et Christemio. Notre cocher et le valet qui nous accompagne sont des vieillards...

— Mais, tu n'étais pas toujours enfermée ? Ta santé voulait...

— Ah ! reprit-elle, nous nous promenions, mais pendant la nuit et dans la campagne, au bord de la Seine, loin du monde.

— N'es-tu pas fière d'être aimée ainsi ?

— Non, dit-elle, plus ! Quoique bien remplie, cette vie cachée n'est que ténèbres en comparaison de la lumière.

— Qu'appelles-tu la lumière ?

— Toi, mon bel Adolphe ! toi, pour qui je donnerais ma vie. Toutes les choses de passion que l'on m'a dites et que j'inspirais, je les ressens pour toi ! Pendant certains moments je ne comprenais rien à l'existence, mais maintenant je sais comment nous aimons, et jusqu'à présent j'étais aimée seulement, moi je n'aimais pas. Je quitterais tout pour toi, emmène-moi. Si tu le veux, prends-moi comme un jouet, mais laisse-moi près de toi jusqu'à ce que tu me brises.

— Tu n'auras pas de regret ?

— Pas un seul ! dit-elle en laissant lire dans ses yeux dont la teinte d'or resta pure et claire.

— Suis-je le préféré ? se dit en lui-même Henri qui, s'il entrevoyait la vérité, se trouvait alors disposé à pardonner l'offense en faveur d'un amour si naïf. — Je verrai bien, pensa-t-il.

Si Paquita ne lui devait aucun compte du passé, le moindre souvenir devenait un crime à ses yeux. Il eut donc la triste force d'avoir une pensée à lui, de juger sa maîtresse, de l'étudier tout en s'abandonnant aux plaisirs les plus entraînants que jamais Péri descendue des cieux ait trouvés pour son bien-aimé. Paquita semblait avoir été créée pour l'amour, avec un soin spécial de la nature. D'une nuit à l'autre, son génie de femme avait fait les plus es progrès. Quelle que fût la puissance de ce jeune homme, et son insouciance en fait de plaisirs, malgré sa satiété de la veille, il trouva dans la *Fille aux yeux d'or* ce sérail que sait créer la femme aimante et à laquelle un homme ne renonce jamais. Paquita répondait à cette passion que sentent tous les hommes vraiment grands pour l'infini, passion mystérieuse si dramatiquement exprimée dans Faust, si poétiquement traduite dans Manfred, et qui poussait Don Juan à fouiller le cœur des femmes, en espérant y trouver cette pensée sans bornes à la recherche de laquelle se mettent tant de chasseurs de spectres, que les savants croient entrevoir dans la science, et que les mystiques trouvent en Dieu seul. L'espérance d'avoir enfin l'Être idéal avec lequel la lutte pouvait être constante sans fatigue, ravit de Marsay qui, pour la première fois, depuis longtemps, ouvrit son cœur. Ses nerfs se détendirent, sa froideur se fondit dans l'atmosphère de cette âme brûlante, ses doctrines tranchantes s'envolèrent, et le bonheur lui colora son existence, comme l'était ce boudoir blanc et rose. En sentant l'aiguillon d'une volupté supérieure, il fut entraîné par-delà les limites dans lesquelles il avait jusqu'alors enfermé la passion. Il ne voulut pas être dépassé par cette fille qu'un amour en quelque sorte artificiel avait formée par avance aux besoins de son âme, et alors il trouva, dans cette vanité qui pousse l'homme à rester en tout vainqueur, des forces pour dompter cette fille ; mais aussi, jeté par-delà cette ligne où l'âme est maîtresse d'elle-même, il se perdit dans ces limbes délicieuses que le vulgaire nomme si niaisement *les espaces imaginaires*. Il fut tendre, bon et communicatif. Il rendit Paquita presque folle.

— Pourquoi n'irions-nous pas à Sorrente, à Nice, à Chiavari, passer toute notre vie ainsi ? Veux-tu ? disait-il à Paquita d'une voix pénétrante.

— As-tu donc jamais besoin de me dire : « *Veux-tu ?* » s'écria-t-elle. Ai-je une volonté ? Je ne suis quelque chose hors de toi qu'afin d'être un plaisir pour toi. Si tu veux choisir une retraite digne de nous, l'Asie est le seul pays où l'amour puisse déployer ses ailes…

— Tu as raison, reprit Henri. Allons aux Indes, là où le printemps est éternel, où la terre n'a jamais que des fleurs, où l'homme peut déployer l'appareil des souverains, sans qu'on en glose comme dans les sots pays où l'on veut réaliser la plate chimère de l'égalité. Allons dans la contrée où l'on vit au milieu d'un peuple d'esclaves, où le soleil illumine toujours un palais qui reste blanc, où l'on sème des parfums dans l'air, où les oiseaux chantent l'amour, et où l'on meurt quand on ne peut plus aimer…

— Et où l'on meurt ensemble ! dit Paquita. Mais ne partons pas demain, partons à l'instant, emmenons Christemio.

— Ma foi, le plaisir est le plus beau dénouement de la vie. Allons en Asie, mais pour partir, enfant ! il faut beaucoup d'or, et pour avoir de l'or, il faut arranger ses affaires.

Elle ne comprenait rien à ces idées.

— De l'or, il y en a ici haut comme ça ! dit-elle en levant la main.

— Il n'est pas à moi.

— Qu'est-ce que cela fait ? reprit-elle, si nous en avons besoin, prenons-le.

— Il ne t'appartient pas.

— Appartenir ! répéta-t-elle. Ne m'as-tu pas prise ? Quand nous l'aurons pris, il nous appartiendra.

Il se mit à rire.

— Pauvre innocente ! tu ne sais rien des choses de ce monde.

— Non, mais voilà ce que je sais, s'écria-t-elle en attirant Henri sur elle.

Au moment même où de Marsay oubliait tout, et concevait le désir de s'approprier à jamais cette créature, il reçut au milieu de sa joie un coup de poignard qui traversa de part en part son cœur mortifié pour la première fois. Paquita, qui l'avait enlevé vigoureusement en l'air comme pour le contempler, s'était écriée :

— Oh ! Mariquita !

— Mariquita ! cria le jeune homme en rugissant, je sais maintenant tout ce dont je voulais encore douter.

Il sauta sur le meuble où était renfermé le long poignard. Heureusement pour elle et pour lui, l'armoire était fermée. Sa rage s'accrut de cet obstacle ; mais il recouvra sa tranquillité, alla prendre sa cravate et s'avança vers elle d'un air si férocement significatif, que, sans connaître de quel crime elle était coupable, Paquita comprit néanmoins qu'il s'agissait pour elle de mourir. Alors elle s'élança d'un seul bond au bout de la chambre pour éviter le nœud fatal que de Marsay voulait lui passer autour du cou. Il y eut un combat. De part et d'autre la souplesse, l'agilité, la vigueur furent égales. Pour finir la lutte, Paquita jeta dans les jambes de son amant un coussin qui le fit tomber, et profita du répit que lui laissa cet avantage pour pousser la détente du ressort auquel répondait un avertissement. Le mulâtre arriva brusquement. En un clin d'œil Christemio sauta sur de Marsay, le terrassa, lui mit le pied sur la poitrine, le talon tourné vers la gorge. De Marsay comprit que s'il se débattait il était à l'instant écrasé sur un seul signe de Paquita.

— Pourquoi voulais-tu me tuer, mon amour? lui dit-elle.

De Marsay ne répondit pas.

— En quoi t'ai-je déplu? lui dit-elle. Parle, expliquons-nous.

Henri garda l'attitude flegmatique de l'homme fort qui se sent vaincu; contenance froide, silencieuse, tout anglaise, qui annonçait la conscience de sa dignité par une résignation momentanée. D'ailleurs il avait déjà pensé, malgré l'emportement de sa colère, qu'il était peu prudent de se commettre avec la justice en tuant cette fille à l'improviste et sans en avoir préparé le meurtre de manière à s'assurer l'impunité.

— Mon bien-aimé, reprit Paquita, parle-moi; ne me laisse pas sans un adieu d'amour! Je ne voudrais pas garder dans mon cœur l'effroi que tu viens d'y mettre. Parleras-tu? dit-elle en frappant du pied avec colère.

De Marsay lui jeta pour réponse un regard qui signifiait si bien: *tu mourras!* que Paquita se précipita sur lui.

— Eh bien, veux-tu me tuer? Si ma mort peut te faire plaisir, tue-moi!

Elle fit un signe à Christemio, qui leva son pied de dessus le jeune homme et s'en alla sans laisser voir sur sa figure qu'il portât un jugement bon ou mauvais sur Paquita.

— Voilà un homme! dit de Marsay en montrant le mulâtre par un geste sombre. Il n'y a de dévouement que le dévouement qui obéit à l'amitié sans la juger. Tu as en cet homme un véritable ami.

— Je te le donnerai si tu veux, répondit-elle; il te servira avec le même dévouement qu'il a pour moi si je le lui recommande.

Elle attendit un mot de réponse, et reprit avec un accent plein de tendresse: «Adolphe, dis-moi donc une bonne parole. Voici bientôt le jour.»

Henri ne répondit pas. Ce jeune homme avait une triste qualité, car on regarde comme une grande chose tout ce qui ressemble à de la force, et souvent les hommes divinisent des extravagances. Henri ne savait pas pardonner. Le savoir-revenir, qui certes est une des grâces de l'âme, était un non-sens pour lui. La férocité des hommes du Nord, dont le sang anglais est assez fortement teint, lui avait été transmise par son père. Il était inébranlable dans ses bons comme dans ses mauvais sentiments. L'exclamation de Paquita fut d'autant plus horrible pour lui qu'il avait été détrôné du plus doux triomphe qui eût jamais agrandi sa vanité d'homme. L'espérance, l'amour et tous les sentiments s'étaient exaltés chez lui, tout avait flambé dans son cœur et dans son intelligence; puis ces flambeaux, allumés pour éclairer sa vie, avaient été soufflés par un vent froid. Paquita, stupéfaite, n'eut dans sa douleur que la force de donner le signal du départ.

— Ceci est inutile, dit-elle en jetant le bandeau. S'il ne m'aime plus, s'il me hait, tout est fini.

Elle attendit un regard, ne l'obtint pas, et tomba demi-morte. Le mulâtre jeta sur Henri un coup d'œil si épouvantablement significatif qu'il fit trembler, pour la première fois de sa vie, ce jeune homme, à qui personne ne refusait le don d'une rare intrépidité. — « Si tu ne l'aimes pas bien, si tu lui fais la moindre peine, je te tuerai. » Tel était le sens de ce rapide regard. De Marsay fut conduit avec des soins presque serviles le long d'un corridor éclairé par des jours de souffrance, et au bout duquel il sortit par une porte secrète dans un escalier dérobé qui conduisait au jardin de l'hôtel San-Réal. Le mulâtre le fit marcher précautionneusement le long d'une allée de tilleuls qui aboutissait à une petite porte donnant sur une rue déserte à cette époque. De Marsay remarqua bien tout, la voiture l'attendait; cette fois le mulâtre ne l'accompagna point; et, au moment où Henri mit la tête à la portière pour revoir les jardins de l'hôtel, il rencontra les yeux blancs de Christemio, avec lequel il échangea un regard. De part et d'autre ce fut une provocation, un défi, l'annonce d'une guerre de sauvages, d'un duel où cessaient les lois ordinaires, où la trahison, où la perfidie était un moyen admis. Christemio savait qu'Henri avait juré la mort de Paquita. Henri savait que Christemio voulait le tuer avant qu'il ne tuât Paquita. Tous deux s'entendirent à merveille.

— L'aventure se complique d'une façon assez intéressante, se dit Henri.

— Où monsieur va-t-il? lui demanda le cocher.

De Marsay se fit conduire chez Paul de Manerville.

Pendant plus d'une semaine Henri fut absent de chez lui, sans que personne pût savoir ni ce qu'il fit pendant ce temps, ni dans quel endroit il demeura. Cette retraite le sauva de la fureur du mulâtre, et causa la perte de la pauvre créature qui avait mis toute son espérance dans celui qu'elle aimait comme jamais aucune créature n'aima sur cette terre. Le dernier jour de cette semaine, vers onze heures du soir, Henri revint en voiture à la petite porte du jardin de l'hôtel San-Réal. Trois hommes l'accompagnaient. Le cocher était évidemment un de ses amis, car il se leva droit sur son siège, en homme qui voulait, comme une sentinelle attentive, écouter le moindre bruit. L'un des trois autres se tint en dehors de la porte, dans la rue ; le second resta debout dans le jardin, appuyé sur le mur ; le dernier, qui tenait à la main un trousseau de clefs, accompagna de Marsay.

— Henri, lui dit son compagnon, nous sommes trahis.

— Par qui, mon bon Ferragus ?

— Ils ne dorment pas tous, répondit le chef des Dévorants : il faut absolument que quelqu'un de la maison n'ait ni bu ni mangé. Tiens, vois cette lumière.

— Nous avons le plan de la maison, d'où vient-elle ?

— Je n'ai pas besoin du plan pour le savoir, répondit Ferragus ; elle vient de la chambre de la marquise.

— Ah ! cria de Marsay. Elle sera sans doute arrivée de Londres aujourd'hui. Cette femme m'aura pris jusqu'à ma vengeance ! Mais, si elle m'a devancé, mon bon Gratien, nous la livrerons à la justice.

— Écoute donc ! l'affaire est faite, dit Ferragus à Henri.

Les deux amis prêtèrent l'oreille et entendirent des cris affaiblis qui eussent attendri des tigres.

— Ta marquise n'a pas pensé que les sons sortiraient par le tuyau de la cheminée, dit le chef des Dévorants avec le rire d'un critique enchanté de découvrir une faute dans une belle œuvre.

— Nous seuls, nous savons tout prévoir, dit Henri. Attends-moi, je veux aller voir comment cela se passe là-haut, afin d'apprendre la manière dont se traitent leurs querelles de ménage. Par le nom de Dieu, je crois qu'elle la fait cuire à petit feu.

De Marsay grimpa lestement l'escalier qu'il connaissait et reconnut le chemin du boudoir. Quand il en ouvrit la porte, il eut le frissonnement involontaire que cause à l'homme le plus déterminé la vue du sang répandu. Le spectacle qui s'offrit à ses regards eut d'ailleurs pour lui plus d'une cause d'étonnement. La marquise était femme : elle avait calculé sa vengeance avec cette perfection de perfidie qui distingue les animaux faibles. Elle avait dissimulé sa colère pour s'assurer du crime avant de le punir.

— Trop tard, mon bien-aimé ! dit Paquita mourante dont les yeux pâles se tournèrent vers de Marsay.

La *Fille aux yeux d'or* expirait noyée dans le sang. Tous les flambeaux allumés, un parfum délicat qui se faisait sentir, certain désordre où l'œil d'un homme à bonnes fortunes devait reconnaître des folies communes à toutes les passions, annonçaient que la marquise avait savamment questionné la coupable. Cet appartement blanc, où le sang paraissait si bien, trahissait un long combat. Les mains de Paquita étaient empreintes sur les coussins. Partout elle s'était accrochée à la vie, partout elle s'était défendue, et partout elle avait été frappée. Des lambeaux entiers de la tenture cannelée étaient arrachés par ses mains ensanglantées, qui sans doute avaient lutté longtemps. Paquita devait avoir essayé d'escalader le plafond. Ses pieds nus étaient marqués le long du dossier du divan, sur lequel elle avait sans doute couru. Son corps, déchiqueté à coups de poignard par son bourreau, disait avec quel acharnement elle avait disputé une vie qu'Henri lui rendait si chère. Elle gisait à terre, et avait, en mourant, mordu les muscles du cou-de-pied de madame de San-Réal, qui gardait à la main son poignard trempé de sang. La marquise avait les cheveux arrachés, elle était couverte de morsures, dont plusieurs saignaient, et sa robe déchirée la laissait voir à demi nue, les seins égratignés. Elle était sublime ainsi. Sa tête avide et furieuse respirait l'odeur du sang. Sa bouche haletante restait entrouverte, et ses narines ne suffisaient pas à ses aspirations. Certains animaux, mis en fureur, fondent sur leur ennemi, le mettent à mort, et, tranquilles dans leur victoire, semblent avoir tout oublié. Il en est d'autres qui tournent autour de leur victime, qui la gardent en craignant qu'on ne la leur vienne enlever, et qui, semblables à l'Achille d'Homère, font neuf fois le tour de Troie en traînant leur ennemi par les pieds. Ainsi était la marquise. Elle ne vit pas Henri. D'abord, elle se savait trop bien seule pour craindre des témoins ; puis, elle était trop enivrée de sang chaud, trop animée par la lutte, trop exaltée pour apercevoir Paris entier, si Paris avait formé un cirque autour d'elle. Elle n'aurait pas senti la foudre. Elle n'avait même pas entendu le dernier soupir de Paquita, et croyait qu'elle pouvait encore être écoutée par la morte.

— Meurs sans confession ! lui disait-elle ; va en enfer, monstre d'ingratitude ; ne sois plus à personne qu'au démon. Pour le sang que tu lui as donné, tu me dois tout le tien ! Meurs, meurs, souffre mille morts, j'ai été trop bonne, je n'ai mis qu'un moment à te tuer, j'aurais voulu te faire éprouver toutes les douleurs que tu me lègues. Je vivrai, moi ! je vivrai malheureuse, je suis réduite à ne plus aimer que Dieu !

Elle la contempla. « Elle est morte ! » se dit-elle après une pause en faisant un violent retour sur elle-même. Morte, ah ! j'en mourrai de douleur !

La marquise voulut s'aller jeter sur le divan, accablée par un désespoir qui lui ôtait la voix, et ce mouvement lui permit alors de voir Henri de Marsay.

— Qui es-tu ? lui dit-elle en courant à lui le poignard levé.

Henri lui arrêta le bras, et ils purent ainsi se contempler tous deux face à face. Une surprise horrible leur fit couler à tous deux un sang glacé dans les veines, et ils tremblèrent sur leurs jambes comme des chevaux effrayés. En effet, deux Ménechmes ne se seraient pas mieux ressemblé. Ils dirent ensemble le même mot :

— Lord Dudley doit être votre père ?

Chacun d'eux baissa la tête affirmativement.

— Elle est fidèle au sang, dit Henri en montrant Paquita.

— Elle était aussi peu coupable qu'il est possible, reprit Margarita-Euphémia Porrabéril, qui se jeta sur le corps de Paquita en poussant un cri de désespoir. — Pauvre fille ! oh ! je voudrais te ranimer ! J'ai eu tort, pardonne-moi, Paquita ! Tu es morte, et je vis, moi ! Je suis la plus malheureuse.

En ce moment apparut l'horrible figure de la mère de Paquita.

— Tu vas me dire que tu ne l'avais pas vendue pour que je la tuasse, s'écria la marquise. Je sais pourquoi tu sors de ta tanière. Je te la payerai deux fois. Tais-toi.

Elle alla prendre un sac d'or dans le meuble d'ébène et le jeta dédaigneusement aux pieds de cette vieille femme. Le son de l'or eut le pouvoir de dessiner un sourire sur l'immobile physionomie de la Géorgienne.

— J'arrive à temps pour toi, ma sœur, dit Henri. La justice va te demander…

— Rien, répondit la marquise. Une seule personne pouvait demander compte de cette fille. Christemio est mort.

— Et cette mère, demanda Henri en montrant la vieille, ne te rançonnera-t-elle pas toujours ?

— Elle est d'un pays où les femmes ne sont pas des êtres, mais des choses dont on fait ce qu'on veut, que l'on vend, que l'on achète, que l'on tue, enfin dont on se sert pour ses caprices, comme vous vous servez ici de vos meubles. D'ailleurs, elle a une passion qui fait capituler toutes les autres, et qui aurait anéanti son amour maternel, si elle avait aimé sa fille ; une passion…

— Laquelle ? dit vivement Henri en interrompant sa sœur.

— Le jeu, dont Dieu te garde ! répondit la marquise.

— Mais par qui vas-tu te faire aider, dit Henri en montrant la *Fille aux yeux d'or*, pour enlever les traces de cette fantaisie, que la justice ne te passerait pas ?

— J'ai sa mère, répondit la marquise, en montrant la vieille Géorgienne à qui elle fit signe de rester.

— Nous nous reverrons, dit Henri, qui songeait à l'inquiétude de ses amis et sentait la nécessité de partir.

— Non, mon frère, dit-elle, nous ne nous reverrons jamais. Je retourne en Espagne pour m'aller mettre au couvent de *los Dolores*.

— Tu es encore trop jeune, trop belle, dit Henri en la prenant dans ses bras et lui donnant un baiser.

— Adieu, dit-elle, rien ne console d'avoir perdu ce qui nous a paru être l'infini.

Huit jours après, Paul de Manerville rencontra de Marsay aux Tuileries, sur la terrasse des Feuillants.

— Eh bien, qu'est donc devenue notre belle FILLE AUX YEUX D'OR, grand scélérat ?

— Elle est morte.

— De quoi ?

— De la poitrine.

Fin de *LA FILLE AU YEUX D'OR*

Paris, mars 1834-avril 1835.

Note

« Depuis le jour où le premier épisode de l'HISTOIRE DES TREIZE fut publié, jusqu'aujourd'hui que paraît le dernier, plusieurs personnes ont questionné l'auteur, pour savoir si cette histoire était vraie ; mais il s'est bien gardé de satisfaire leur curiosité. Cette concession pourrait porter atteinte à la foi due aux narrateurs. Cependant, il ne terminera pas sans avouer ici que l'épisode de *La Fille aux yeux d'or* est vrai dans la plupart de ses détails, que la circonstance la plus poétique, et qui en fait le nœud, celle de la ressemblance des deux principaux personnages, est exacte. Le héros de l'aventure, qui vint la lui raconter, en le priant de la publier, sera sans doute satisfait de voir son désir accompli, quoique d'abord l'auteur ait jugé l'entreprise impossible. Ce qui semblait surtout difficile à faire croire était cette beauté merveilleuse, et féminine à demi qui distinguait le héros quand il avait dix-sept ans, et dont l'auteur a reconnu les traces dans le jeune homme de vingt-six ans. Si quelques personnes s'intéressent à la *Fille aux yeux d'or*, elles pourront la revoir après le rideau tombé sur la pièce, comme une de ces actrices qui, pour recevoir leurs couronnes éphémères, se relèvent bien portantes après avoir été publiquement poignardées. Rien ne se dénoue poétiquement dans la nature. Aujourd'hui, la *Fille aux yeux d'or* a trente ans et s'est bien fanée. La marquise de San-Réal, coudoyée pendant cet hiver aux Bouffes ou à l'Opéra par quelques-unes des honorables personnes qui viennent de lire cet épisode, a précisément l'âge que les femmes ne disent plus, mais que révèlent ces effroyables coiffures dont quelques étrangères se permettent d'embarrasser le devant des loges, au grand déplaisir des jeunes personnes qui se tiennent sur *l'arrière*. Cette marquise est une personne élevée aux îles où les mœurs légitiment si bien les *Filles aux yeux d'or* qu'elles y sont presque une institution.

« Quant aux deux autres épisodes, assez de personnes dans Paris en ont connu les acteurs pour que l'auteur soit dispensé d'avouer ici que les écrivains n'inventent jamais rien ; aveu que le grand Walter Scott a fait humblement dans la préface où il déchira le voile dont il s'était si longtemps enveloppé. Les détails appartiennent même rarement à l'écrivain, qui n'est qu'un copiste plus ou moins heureux. La seule chose qui vienne de lui, la combinaison des événements, leur disposition littéraire, est presque toujours le côté faible que la critique s'empresse d'attaquer. La critique a tort. La société moderne, en nivelant toutes les conditions, en éclairant tout, a supprimé le comique et le tragique. L'historien des mœurs est obligé comme ici d'aller prendre, là où ils sont, les faits engendrés par la même passion, mais arrivés à plusieurs sujets, et de les coudre ensemble pour obtenir un drame complet. Ainsi, le dénouement de *La Fille aux yeux d'or*, auquel s'est arrêtée l'histoire réelle que l'auteur a racontée dans toute sa vérité, ce dénouement est un fait périodique à Paris, dont les chirurgiens des hôpitaux connaissent seuls la triste gravité, car la médecine et la chirurgie sont les confidentes des excès auxquels mènent les passions, comme les gens de lois sont témoins de ceux que produit le conflit des intérêts. Tout le dramatique et le comique de notre époque est à l'hôpital ou dans l'étude des gens de loi.

« Quoique chacun des TREIZE puisse offrir le sujet de plus d'un épisode, l'auteur a pensé qu'il était convenable et peut-être poétique de laisser leurs aventures dans l'ombre, comme s'y est constamment tenue leur étrange association. »

anaphore = rep de mot a chaque début de phrase.

Achevé d'imprimer en Italie par Grafica Veneta
en juillet 2019
Dépôt légal décembre 2012
EAN 9782290058466
OTP L21ELLN000487A004

—

Ce texte est composé en Lemonde journal et en Akkurat

—

Conception des principes de mise en page :
mecano, Laurent Batard

—

Composition : PCA

—

ÉDITIONS J'AI LU
87, quai Panhard-et-Levassor, 75013 Paris
Diffusion France et étranger : Flammarion

Librio
1056